凌翔阅读丛书

至尊荣耀

刘博文 著

中国社会出版社
国家一级出版社·全国百佳图书出版单位

图书在版编目（CIP）数据

至尊荣耀 / 刘博文著 . —北京：中国社会出版社，2018. 4

（凌翔阅读丛书 / 凌翔主编）

ISBN 978-7-5087-5939-5

Ⅰ. ①至… Ⅱ. ①刘… Ⅲ. ①小小说—小说集—中国—当代 Ⅳ. ①I247. 82

中国版本图书馆 CIP 数据核字（2018）第 069691 号

丛 书 名： 凌翔阅读丛书
丛书主编： 凌 翔
书 名： 至尊荣耀
著 者： 刘博文

出 版 人： 浦善新
终 审 人： 王 前
责任编辑： 张 迟 **责任校对：** 许 畅

出版发行： 中国社会出版社 **邮政编码：** 100032
通联方式： 北京市西城区二龙路甲 33 号
电 话： 编辑室：（010） 58124856
销售部：（010） 58124850
网 址： www. shcbs. com. cn
shcbs. mca. gov. cn
经 销： 各地新华书店

中国社会出版社天猫旗舰店

印刷装订： 北京楠萍印刷有限公司
开 本： 147mm×210mm 1/32
印 张： 9. 25
字 数： 200 千字
版 次： 2018 年 5 月第 1 版
印 次： 2018 年 5 月第 1 次印刷
定 价： 49. 80 元

中国社会出版社微信公众号

目 录

Contents

第二辑　刀剑如梦，你可曾忘了江湖

第三辑　岁月轻狂，你可曾纵情高岗

|第一辑|

尘事万千，你可曾绽放暗香

等几天再老

得知母亲得那病时，那病已深入，占据了母亲的五脏六腑。

通俗点讲，就是人们常说的中晚期，母亲在不知情的情况下，病入膏肓了。

从医院的电梯里走出来，我突然感觉阳光有些刺眼，与之而来的眩晕是很多年前出现过的症状。

只是这次，搀着我的不再是母亲，而是小丽。

去哪儿呀？

先回去看看妈吧，她知道今天出结果，怎么着也得给她个交代。

关键时刻，小丽倒比我理智许多。

驱车回家，成了我们一家三口此刻的心头大事，以至于在儿子几次吆喝着要吃饺子时，我和小丽竟然都没有听到。

仔细想想，还是生平第一次呢。

旅途不算颠簸，新修的这条公路也还不错，换挡的片刻，我突然想起，上次回家，这条路还没修好呢。光阴真的如白驹过隙，眨眼间小半年了。

儿子，等会儿记得跟奶奶说，她的身体很好，没啥大病。

妈妈，那不是骗人吗？老师说了，撒谎不是好孩子！

你这孩子！

小丽一把拦住我那愤怒的手，说别打孩子，心理书上说了，以后会有阴影的。

哼，他要是说实话，咱妈心理该得有阴影了。

一路争执不休，窗外明媚的风景和车内沮丧的气氛形成极大反差的对比下，我们总算安全到了家。

不对，应该是到了老家。

青山绿水，门前的棕榈树依旧在晨风中摇晃，从竹林中那条路走进去，不大一会儿，便来到了家门口，看到这棕色的大门后我才真正感到了家……

妈——妈！

别喊了，我在这儿呢！

声音刚落，有人从菜园子里探出了头，虽然隔得远，但那一头干练的短发告诉我，是妈没错。

奶奶，你的头发像白雪一样，真漂亮。

哎哟，还是我乖孙会说话。来来来，吃一个奶奶刚摘的香瓜。

儿子接过香瓜，屁颠儿屁颠儿地跑在前面。我看了一眼，瓜是本地品种，上面还沾着晨间特有的露水。

小丽给我使个眼色后，卷起裤脚，也进了菜园。

哎哟，这点小事，不用你们帮忙，中午不走了，留下来尝尝妈的手艺。妈人虽老，包饺子的手艺可嫩着呢。

妈，你那个……

咋话说到一半又不说了，成心吊妈胃口呢。

妈，你也别烧中午饭的火了，快点收拾收拾东西，跟我去住院吧。

思考再三，我还是决定先瞒着她，以糖尿病为幌子带她去医院。走的时候，我看见妈在园子里愣了一下，手中的镰刀掉在地上。

谅她也不会想到自己得了什么病，估计是舍不得菜地里那一筷子长的嫩韭菜。

再次回到医院，来苏水的味道倒显得没那么刺鼻了，也许是习惯了。按规矩两班倒，我守白天，小丽守夜晚。摊上这种病在医院，一住下可不知道啥时候是个头。

起初妈还能在走廊上跟人唠唠嗑，分享一下种菜的诀窍和心得。人老了，最爱往人多的地方挤。我看过一个心理分析，说人是群居动物，最怕孤独，特别是上了岁数的老年人。

按老话讲就是聚人气，很多时候我留神观察与人谈笑风生的老母亲，甚至觉察不出她有患了绝症的迹象，是不是误诊了？

我希望是误诊，尽管有那么点一厢情愿。

先生，您母亲的这种病属于中晚期，虽说现在看不出来，但不出一个月，她的身上一定会出现黄疸。这病发病快，结束也快，您还是跟老人实话实说吧。

医生的提醒的确没错，小丽这几天经常悄悄告诉我，帮妈洗澡时，妈的后背生出了一大片黄疸。

如期而至的黄疸成功打败了妈的喋喋不休，走廊里彻底安静了，静得让人有些忧伤。

妈，我实话跟您说了吧，您得了……

话刚完，妈笑了，她用手揩了揩因为疼痛而渗出的汗珠，缓缓说道，我这老身子骨，自打第一天住院起，我就约莫猜到了几分。你看，我的症状和手机上写的一模一样。

我看了一眼，是关于这病的百度百科。小丽见气氛有些凝重，上来打圆场。妈，您还想去哪儿玩，想吃啥喝啥，都告诉我们。虽说现在医学发达，可心态好才是治病的最佳良药！

我想回家！妈轻声说，家才是给你妈治病的最佳良药。

驱车向南，一家四口头一回在车上团聚。儿子这回怪听话的，一路上对奶奶嘘寒问暖，还轻轻地哼着歌。

穿过熟悉的竹林，总算是回到了家，母亲一个人去了菜园。

爸，你看，是大雁！

顺着儿子的小手望去，一行大雁正往南飞。沉默了两分钟，小丽挽起了我的手。

妈——妈，快回来吃饭。

哎哟，着什么急呀，我马上来。

夕阳西下，母亲干练的短发从园子里探出来，迎着落日的余晖，她手上那把韭菜青翠归青翠，却已经老了，开出了白花。

韭菜花饺子，你们一定没吃过，妈说得有点难为情，这韭菜，就不晓得等几天再老啊……

结婚那当儿，小丽跟我咬过耳朵，说妈包的嫩韭菜饺子，是她肯嫁给我的最大诱惑。

儿子在吃上随小丽，见了嫩韭菜饺子，就迈不动步。

三分三十二秒

三分三十二秒后，舒秀抬起了手腕。手腕上浪琴手表中的分针与秒针重叠，而后擦肩而过，像是隔了一层看不见的屏障或膜。

整整迟到三分三十二秒！舒秀强压下自己的怒火。她相信对于眼前这个略显穷酸的男人来说，一定不知道三分钟意味着什么。

抱歉。男人挠了挠发梢，不难看出，他脸上的微笑也是强挤出来的，皮笑肉不笑，铺满了尴尬。

证明男人尴尬的，是涔涔滴落的汗水。

头一回遇见你这样的男人。舒秀从包中掏出高级面巾纸，在男人疑惑的尬笑中，捂住鼻子。

桌下，男人的腿因为焦虑而抖动。

一定是焦虑，男人这点儿小心思舒秀闭上眼睛都能猜出来。不，不该说猜，舒秀可是正儿八经的国家一级心理咨询师呢，还摸不透你这点儿花花肠子，隔着再厚的身体都能看穿。

总算是止住了那带着频率的颤抖，男人头上的汗却仍旧落个不停，如咖啡厅外的屋檐下滞留的雨滴。

真是该死，知道三分钟对我有多重要吗？

望着窗外灰蒙蒙的天际，舒秀骂出声来。她的性子和往常一样，还是那么急。

你别介意哈。

反正下雨哪儿也不能去，尽管对象比预期中还要次，但预期总归是预期不是？

索性跟他聊会儿。预期跟想象是一回事，想象约等于幻想，这是舒秀的理论，客观上很有些蛮不讲理。没想到男人听完后，给出的观点竟是认同。

你凭什么认同？给你三分钟时间解释，说得不好，我立马收拾东西走人。

舒秀抬腕，右腕上的浪琴手表嘀嘀嗒嗒响着。时间跑得飞快，如同舒秀的蛮不讲理，已达到教科书的级别。

预期，在我这儿，的确和想象是一码事，很多时候我会对于事态做出预期分析，但这些年，太多活生生的例子告诉我，预期等同于想象，而想象，则约等于幻想。

例子？

嗯，都是在眼前发生的事。男人的声音渐变低沉，如窗外终将不知去向的雨滴。

罢了罢了，咱们喝茶。刚泡开的龙井正冒着热气，出于礼貌，男人将茶杯递给舒秀，舒秀却不接。

嫌弃？不是嫌弃，是厌恶。厌恶的情绪在舒秀心底泛滥，多大的人了，连茶叶的真假都不懂得区分？

舒秀大学时学过茶艺，是院系有名的茶仙女。相对无言，两人硬生生把室内的温馨气氛给扭曲出了股仪式感。似乎凭空生出来一张膜，隔住了二人的交流。

怪了，这感觉居然似曾相识！父亲？的确，商场如战场，这几年自己对父亲疏于照护，每次回家，也不知聊些啥，两人之间像是隔了一层膜。

细思过后，连男人涔涔滑落的汗水都神似起父亲来，轮到舒秀流汗了，想想也是，都多少天没回家看看父亲了。

我忙呀，我的时间都是精确到秒来计算的，公司里那么多文件，那么多会议。

舒秀有着充分的理由。若非这场雨令交通停滞，若非父亲昨天半夜故意压着半死不活的腔调打电话催我相亲，我会坐在这儿跟一个穿特步的男人聊天？会喝假茶？

想到这儿，她的眼神给了男人双脚一个特写。

那是双沾着泥水的特步！呵呵，父亲真是老了，从小到大，一直把我的人生规划得那么好，让我学茶艺学心理学，学这学那，确信都是自己成功路上的铺路石，现在呢，却连一场相亲都规划不好。特步，多穷酸呀，和自己哪来的般配可言。

父亲真是老了，老得都带点糊涂了！舒秀没忍住，从约会开始就憋住的怒气冲破隔膜，喷涌而出。

我倒认为糊涂的是你，舒秀女士。

我，糊涂？你知道我每个月给他多少钱吗？怕是你猜都猜不到，我给他的生活环境和质量都是最高标准。虽说我有时候太忙根本顾不上接他电话，可我给他请了保姆阿姨呀，天天带他打牌，遛弯儿，就怕他一个人老糊涂了。

你是真糊涂，有钱是吧，知道你父亲现在在哪吗？

你？舒秀按下那个熟悉又陌生的号码，电话那头无人接听。

你到底是干吗的?！舒秀鼻尖上的汗珠悄悄滑落，滴入冒着热气的茶杯。

我的职业跟刀有关系。男人的回答干脆简练。别想太多，我常用的是小刀，喏，你看……

顾不上擦汗了，恍然大悟的舒秀拉着男人便向南狂奔。晚上六点，下班高峰期，马路上的鸣笛声此起彼伏，似乎每一声都在提醒她，还剩三分三十二秒。

还剩三分三十二秒，舒秀这才从替父亲传话的男医生口中知晓，对于早就患上隔膜炎的父亲而言，病危之际，他最需要的是女儿的陪伴，而非金钱造成的隔膜。

离手术结束，还剩三分三十二秒……

天可容情

准确地说，那场械斗是从一个黄昏开始的。

械斗，是个什么玩意儿？

村子里没有一个人听说过这个词语。

直到警察把人带走时，我们一群小屁孩儿才从明晃晃的手铐里知道了，械斗就是打架。

时光荏苒，一转眼的工夫，我也是下有小的人了。每年例行“公事”回到村里完成上有老的任务时，我总会看见福旺叔在村口坐着，嘴里吧嗒着那一口抽了大半辈子的旱烟。

爹，今天村口咋没看见福旺叔呀？

狗日的，过年了才回来一趟，一进门就问候那个老不死的。爹走到贴着大红福字的门口，径直给我砸来一句。爹跟福旺叔一直不对路，他的村政法主任被拿下，跟福旺叔一家不无关系。

大过年的可别七吵八闹，母亲大人从厨房里冒出半个头来，续道，你福旺叔卧病在床，早就起不来了。

啥？

我还待再问，儿子却冲过来，一头撞进了我的怀里。

多大的人了，还要爸爸抱。

在抱怨和喜庆的鞭炮声中，一家人的团年饭正式开始。

晌午，爹蹬着自行车去街上买晚上包饺子的肉。娘把我拉到厢房，我还没反应过来呢，手里就给塞了两百块钱。

去，看看你福旺叔。

小心点，别碰上你爸！

知道了，又不是三岁小孩儿。都出门了，还在那儿念叨。

熟悉的村子，熟悉的田间小道，走着走着突然就想起来那些年和二狗子、三胖，上树掏鸟蛋，河沟子捞鱼的时光。

如果三胖不进去，现在估计还能和他一起遛娃呢。

唉。

三胖是福旺叔的儿子，也是我当年最好的兄弟……

严格说，那场械斗纯属意外。

那年月，改革开放的春风刚刚吹进我们这个闭塞的村庄，福旺叔作为村里独具慧眼的人，抓紧这个机会，承包了村里的堰塘。其实这个堰塘也非福旺叔承包不可。

早在数年前，他被批斗得没收了所有家产时，就曾经说过，属于自己的谁也别想动歪脑筋。

村里从老到少，无人不知他的狠气，私下大伙儿都喊他土匪。记得有一回三胖晚上去看戏，台上演的是“水漫金山”，三胖一边看一边恨恨地说，老子将来长大了也要当法海。

那段时间三胖在学校老被邻村一个高个子学生欺负，没想到这话还没落地，福旺叔就一巴掌落他头上了，并且还留下了一句至今仍令村里人印象深刻的话。

要当法海，你就得学学咱家堰塘里养的螃蟹，在外头横一点！

也就是隔天吧，邻村高个儿再欺负三胖时，三胖直接给了高个儿一板砖，血溅出来的瞬间，高个儿在三胖面前矮了下去。

都以为三胖要挨揍的，意料之外的，他爹煮了一锅螃蟹犒赏三胖。我永远记得福旺叔一边抿着酒一边称赞道，狗日的，有出息！

变故发生在福旺叔养螃蟹的第三个年头，那阶段村里已经开了养殖合作社，也就是说福旺叔的堰塘里，有我们全村赖以生存的螃蟹。已是收获的时节了，可谁都没有想到，螃蟹跑了。

跑到了隔壁村里。

于是合作社发动全村老小，去隔壁村抓螃蟹。等我们去的时候，才发现，螃蟹跑进了人家的秧田。

螃蟹下秧田，对于农民来说几乎是灭顶之灾。我长这么大，头一次看见一整片秧苗被拦腰斩断。

你们螃蟹搞的好事，还想一走了之，不准捉。

开始我们这边都还在赔礼，说好话，当隔壁村里的几个愣头青踩死了我们的螃蟹时，大伙儿愤怒了。

这可是我们村的经济来源呀。

三胖冲在最前面，撸起了袖子。

撕扯，扭打，掉进秧田，一身泥水的人不知道谁先动了武器，用了叉鱼的铁叉。

铁叉最后落在三胖手里时，秧田里的水已经红了，红艳艳的，像每家每户都会做的苋菜汤……

杀人偿命，因为那人不是被铁叉插死的，而是溺水，法终于容了回情，也没责众，村里的人被放了回来。

只留下了三胖！

听到三胖被判为无期徒刑的时候，大伙儿都在场，他依旧是那副模样，走路横着身子进了牢房。

我从福旺叔家回来的时候，碰见了从集上回来的爹。爹沙哑着嗓子问道，那老家伙还好不？

能往哪好？您又不是不知道，福旺叔是肺癌，晚期，估计熬不过这个年了。

三胖，明年年初刑满，就要释放呢！爹把肉递给我，说给你福旺叔送去吧，增加点营养，没准能熬到三胖出来。

我看爹，爹不看我，看远处的晚霞，自言自语说，当年那秧田里的血啊，比晚霞还红。哎，都说法不容情，不晓得老天可容不容这个情……

委屈了谁

收拾好了换洗的衣物，匆忙中，他又看了一眼这破旧的房屋，眼前这低矮的房屋仿佛在和自己挥手呢。搬出去，就再也无法回来了，侄子说过，跨出这个门槛就别想再进来。

是应该保留些适当的留恋吧。

哪怕是做做形式。

天已经蒙蒙亮了。打开已是接近半死状态的手机，灰黄的屏幕里蹦出一行大字：你咋还没上来呀，孩子们都等着呢。

是灰黄，不是辉煌。

辉煌的日子离高老头儿已有些年头了，从靠侄子养活开始。

揉了揉眼睛，高老头儿再次确认了一下短信内容，还是那十四个大字，不算上两个标点符号。

收起适当的留恋，他拖着行李，来到了满是青草和露水的公路边。

两个老人住得不远，一里路的光景，近两年刚刚完工的省道更是拉近了两人的距离。

阳光好的时候，水生奶奶经常坐在屋前，眺望着不远处的公路。

虽然有时候公路上什么都没有。

按丈夫的名字来称呼女人，是桃花冲老辈人传下来的。水生奶奶从嫁进桃花冲的那一刻起，自己的名字就模糊了，这些年叫得最响的分别是水生嫂、水生姨。

直至水生奶奶。

孙子都不再是牙牙学语的孩子了，此刻在水生奶奶半混浊的眼里，倒觉得他们像极了一九九八年的洪水。

猛兽一般的洪水。

打水生爷爷去世的那一刻起，水生奶奶就察觉到了一丝异样。

这异样来源于孙子们态度的转变。

特别是在与老高合家的这件事上。

奶奶，和高大爷过您不觉得委屈吗？

大孙子首先发问了。这问题的尖锐度丝毫不亚于电视里那些扛着长枪短炮的外国记者。

谁委屈还不一定呢。水生奶奶顿了顿，回了孙子这么一句。高大爷的形象确实不适合做爷爷，还没孙子高呢。

这高大爷真怕委屈水生奶奶还是咋的，里把路的行程，他硬是花了大半天的时间。来了以后，也没多的话。

只是和孩子们做了个简单的寒暄，就当起了哑巴。

却是吃汤圆心里有数的哑巴，听着孩子们把该讲的都讲了，这合家的事，就算成了。

本该是一片祥和的景象，可在这一片祥和之中，高老头儿却不开心了，这不开心归根结底，还是大孙子的那句话。水生奶奶的儿子女儿自始至终不张嘴，幕后指挥。

家可以合，但在台面上，您还是高爷爷，爷爷这个身份在这个家里不存在。

不存在？我这个人明明在这个家里坐着呢！

高大爷有火，但压在心里，他没有说出来。暗火也是火，水生奶奶还是看出来了。

洗漱完毕，躺在床上，水生奶奶只好一次次的帮老头儿暖脚。

人老了，就没有什么念想了，睡吧。

的确，这话一点儿都没错。打进入六十之后，水生奶奶可算是真正明白了这话里的意味，曾经的憧憬和梦，似乎都随着门前那条小河的改道而流逝了。

人老了，还真就是没什么念想了。

净瞎扯！

每当水生奶奶坐在门口念叨这话的时候，高老头儿总会从叼着烟的嘴里蹦出这三个字。

换来的，依旧是水生奶奶那一脸不变的嫌弃，甜蜜的嫌弃。

人活一世，哪能没一点念想呢，高老头儿望着门前改道的桃花河，往事悄然在心底里如浪花一朵朵泛起。

桃花河是前些年随着公路一起新修的，桃花冲唯一的一条河。想当年老伙计们年轻的时候，还约着在河的源头打水仗呢，不过自打河改道以后，这些老伙计们就渐渐走了，开始是一个一个的，后来就得按群来计算了。

九八年那场水仗，打得真是猛。

一夜之间，桃花河水从鸡肠子变成了牛肚子。

年轻时以扎猛子著称的高老头儿，难得在人前出人头地了一次。这一天一夜在水肚子里进进出出的，愣是把桃花冲的大半乡亲都给救了出来，其中就包括水生奶奶一大家子。

老话说得没错，有得必有失。

在洪水面前昂着头的高老头儿在洪水退了才发现，老婆和儿子居然没捞出来。儿子打小会扎猛子的啊，能去哪呢?

侄儿事后拿这话怼他，你真是能耐呀，把半个冲的人都给救了，偏偏却忘了自己家的。你能耐呀!

能耐的高大爷跟水生奶奶合家当晚，梦见水生在滔天的洪水中骂自己孙子，叫一声爷爷咋了，委屈你们了不成?

一年蓬

入秋后，日子就远不比从前那般贴心贴肺的暖了，一层秋雨一层寒，雨落在脸上常令人感到有刀片逼近的错觉。也不知是从哪里散来的尘埃，来了就不说走的话，盘踞于后巷，蜗居在小米家里的边角旁落。

活像过去农村说的穷懒亲戚，连吃带住还不帮忙干活。

啥尘埃呀，小米你没看新闻？后巷的娟子掏出手机说，叫雾霾，科学点说是PM2.5。

再说，你也不能这么老窝在家里了，会越活越像尘埃的，你知道不？娟子走前仍不忘丢下一两句抱怨，重点还是在她那部新买的手机。

女人嘛，买到新玩意儿总是要在人前秀一番的。

特别是在不如自己的女人面前，那样可比性不就噌噌地涌出来了？在后巷，小米是和可比性最没有关系的女人，没有之一。

噌噌涌出来的不光是可比性，还有小米。在夕阳的映照下，小米泛着透红的白，是好米，封装袋上写着呢，皇家贡米。瞅瞅，古代皇帝也就吃着这米。

虽说这只是商家为了促销而打上去的带有欺骗性质的谎话，小米还是特意舀了两碗，男人却偏着头，连正眼都不给一个。

唉，哪怕是给个白眼也行呀。小米怔怔地望着窗外的虚空，上一次见到他跟自己翻白眼是啥时候呢？

将米倒入电饭煲的内胆中，打开水龙头一遍遍淘洗。米这个东西跟人一样，很奇怪，用一个词形容大概就是表里不一吧，看着表面白闪闪的，内里却藏了许多带有欺骗性的杂质，诸如米虫、米垢，以及那些不知从何处飘进去的野蒿絮。

这该死的蒿子！

用清水淘洗了三次，暗藏在米中的野蒿絮仍顽强地附着于其间，仿佛抽油烟机上永远去除不完的油污。第四次，第五次，水龙头的水量越来越大。

男人仍是偏着头，一副风雨不动安如山的姿态。

每次都是这样，每次都是这样，哪怕是给点反应，哪怕是嘲笑我一声也行呀。小米将电饭煲重重地掷在桌上，一肚子气不知往哪去发。

完全是欺骗嘛，冷静下来，小米望了一眼坐在客厅的男人。当初结婚前说得多好，为了你，我愿意放下我所有的信仰。从今往后，你就是我的信仰。我保证咱们的婚姻字典里没有欺骗二字可言。

眼下却是如此赤裸裸的欺骗！

真是应了那句歌词：突然之间很喜欢你恨我，我从未爱到，有生生世世那么多。

仔细过滤一下，大概就是那个时候，脑袋里蹦出逃这个字眼的吧。假如生活欺骗了你，在她这儿，早就可以删除假如二字了，生活完完全全地骗了她。

一场秋雨一场寒。她丢下手中未曾淘洗干净的米粒，在这个秋风带雨的日子，她要彻底地和过去说拜拜，迎接谎言后的新生。

哼，平时都是我伺候人，今天也要感受一下被人伺候的舒坦。女人嘛，天性如此，可以体谅。

舒坦倒是真的。这家坐落于车站旁的餐厅，菜式新奇，取的菜名也很有意思：假如生活欺骗了你。

来一份！

菜上得比想象中要快，上桌后小米便迫不及待地尝了一筷子，奇了怪了，第一口是甜的，第二口却是苦的。老板，你这菜有问题。

这就对了，您再仔细回味一下，再下结论也不迟。

顺着老板的言语，小米认真地回味了片刻，嗯，苦中似乎又带着甘甜，两种味道平分秋色，谁都没有压制过对方。

这不就是生活嘛，没有绝对的苦也没有绝对的甜。老板坐下来点了支烟。

往事渐被烟雾笼罩。

去年的这个时候，嘿嘿，我，我还在洪水里垂死挣扎呢，要不是那个武警兄弟一命换一命救了我，只怕就没有这个新生餐厅，也不会有这道“假如生活欺骗了你”的菜！

他当时还骗我说他一定会平安回来，吃我餐厅里的菜。

他，他……

小米愣住，侧过身，将要落在眼角的一滴眼泪强行给逼成了笑脸。

最后一个问题：你这道菜的原材料是什么？

其实就是随处可见的野蒿。

野蒿？

对呀，野蒿又称一年蓬，于夏秋之际生长，味苦，但回甘，对于偏瘫中风患者有独特疗效。一年只蓬勃一次，是称一年蓬。

一年蓬，野蒿？天意，天意呀！

回想起那附着于米粒上怎么洗都洗不掉的蒿絮，和一年前骗自己出去执行抗洪救灾任务而偏瘫的男人，小米突然觉得心头一暖，甚至于连一年前的欺骗看起来都那么可爱。

“你放心，我去去就回来了，不会有事的。”

野蒿一年尚且要蓬勃一次呢，我就不信说出口的谎言不会有变成诺言的那一天。

黄昏愁

黄昏后，吴静在厨房做饭，李平在客厅的沙发里玩手机。从厨房门的间隙看去，李平是以蜷缩着的姿态示人的，有点儿不雅观，但家里没外人，李平没认为有啥不妥。

也许在某人的潜意识里，此举和妥是不挂钩的吧。

李平不是鱼，挂钩也把他提不出水面。

能不能别像只流浪狗似的窝在那儿！

某人发话了，声音从厨房的煎炸烹炒里传来。跟预期中的一模一样，不论语气，还是语调，李平有充足的理由相信，这句话的分贝和上次也是持平的。

常年的“听力训练”，李平练就一副堪比分贝仪的耳朵，以及比狗更灵敏的鼻子。

他已从厨房门的间隙里，嗅到了饭菜的香气。

香味从厨房内飘散出来，蚕食着寡淡的空气，不难预料，吴静已进入收尾阶段，最后一条鳊鱼进入油锅的吱啦声响起，煎炸两番，再撒上半把葱花，就可以盛盘了。

李平嘴角露出一窝浅笑。

浅尝辄止的笑，跟今天的饭菜类似。

工作怎么样，副主任的事情有眉目了吗？

发问的人满怀期待，被问的人缄默无语，像极了窗外静止的黄昏。不理会妻子的嗔怒与责骂，李平默默地把碗里的饭拨向嘴中，不多时，碗便呈现出最初始化的模样——干净，白皙，如若李平的学生时代。

没有功利金钱，一干二净的学生时代。真的想回去一次呢，哪怕是大梦一场也行。

你还笑，还有脸笑！

吴静的大手不知何时就停在他的耳垂上，以揪的姿态。李平突然想起少年时期，谁跟他说过的那句话，你的耳垂真大，以后是有福之人呢。

有福之人？呵呵，如今回望，只能算是每个人年少时都会遇上的例行公事般的夸赞。

吃过饭后，手机滴滴滴滴响了四下，划开看，该死的高温预警堆满了屏幕，已是最高等级——红色！李平不关心这些民生问题，他自己的民生都顾不上。单位的老主任要退了，他被谁接任的事闹得心神不宁。

机会就在面前，你别不争气，难不成想当一辈子科员？妻子黄昏后如新闻联播般准点的催促提醒，可谓是身、心、灵三重折磨外的第四重折磨。

滴滴，手机还在响，声音清脆，有点儿类似窗外的鸟鸣。李平你就动一下手怎么了，听着心里烦。实在是不想听吴静念叨，李平从沙发空里拿起手机，是一条添加微信好友的提示信息，显然是认识的人，好友备注里附了行字："还记得同桌时我总说你耳垂大吗？"

不会吧，面对着屏幕上这行黑体字，李平的精神气突然就提起来了，他扶了扶歪斜的镜框，记忆开始跑马灯似的，朝着那一个个黄昏流转。

在昔日的同学眼里他们是最好的朋友，小学到高中一直是同桌，无话不说的他俩从发育期的疯赶打闹到青春期的情愫暗生。多少个黄昏，学校附近的奶茶店，会浮现出他俩的身影。黄昏之于二人而言尽是美好，根本没有古诗中的已是黄昏独自愁。

这些个黄昏的前缀里，都该加上昔日二字了。毕业后她早早结婚，又迅速离婚，这些事都是通过老同学的只言片语得来的。

过得好吗，你？她在手机那边问。

还好吧，青菜萝卜糙米饭，瓦罐天水菊花茶！他在微信里作答。

旧日的情愫是一根针，戳破了平淡的现实，两人决定见面，定在学校路附近的咖啡馆。

那一天，李平早早地来到了路口，穿着最修身的西装，脚下是擦得发亮的皮鞋。也许是多年未见后重逢的惊喜感作祟，离开车内空调的他居然察觉不到室外四十度高温的炎热。已是黄昏了，李平侧过脸看了一眼天空。

灰蒙蒙的。

就是这一侧，他发现了一群人聚在身后不远处的花坛里，好像是在吵架。走近，询问一番才知道，那个穿着华丽的女人在骂另一边躺着的清洁工，清洁工不小心把脏水泼到她衣服上了。

女人给了清洁工一脚。

李平凑近，近距离才能了解事情的真相。

再凑近时，李平下意识地正了正眼镜框，就是这一霎，李平整个人都僵住了。一串无休止的自言自语窜出喉咙，不会的，怎么会呢，她怎么会变成这样？!

李平几乎是落荒而逃……

关于相遇的桥段，他脑海里有过很多设想，唯独没有这样的一场。

“故事开始之前，我们都是清白少年。”

被冷气覆盖的车内此刻正循环播放着朴树的新歌《清白之年》。朴树曾经是二人最喜欢的歌手。没来由的，李平的心像是被扎了一下，扎他的刺异常柔软。

一根一根的，由无数个憧憬着相遇的黄昏组成。

发动机启动前，李平抬头看了眼窗外，彼时黄昏已渐深沉，许多人和自己一样，正朝回家的路上赶。

他知道此刻的吴静还是在厨房里翻炒着那条熟悉的鳊鱼，不用想，最后撒上的仍是半把葱花。

那半把葱花的香味，让他鼻子里蓦然一酸，有愁绪涌上心头。

落日黄

隔岸无旧情，姑苏有钟声。

落日黄落在杯子里，随着万青手臂的摇晃急剧上升，复又下降，呈现出阵阵如烟霞的色系。忽然，墙壁上的复古式吊钟响了，整点了。再回过头，万青才发觉杯中如烟霞的灿烂已悄悄退场，落日黄沉落杯底，好似尘埃落地。

凄婉吗？

兴许吧。万青那两颗小眼珠死死地盯着杯子里灿烂如烟霞的事物，真有趣，明明是一杯白水，随意往里勾兑一些有的没的，转瞬就闪烁起了异样而夺目的光彩。

而这夺目且异样的光彩，终究躲不过跟随着地心引力的尘埃。

像自己呢。

她盯着杯中物，企图透过如镜的水平面，看到他的身影。

落日黄是一种调色料，又名黄色五号，分有夕阳黄、橘黄、晚霞黄三种，为水溶性氮类着色剂。通俗地讲，就是咱们打小吃的冰棍里夹带的色素。

这玩意儿不能多吃，新闻里说吃多了会死人的！

坐在高脚凳上的室友胖姐是个名副其实的美食小达人，一张嘴不仅能吃，更会说，是232寝室的美食百科。胖姐说不能吃的东西，大伙儿肯定不会多吃一口。

但今天，万青非得要拧一回。咕嘟咕嘟的，她将满满一杯饱含落日黄的长岛奶茶，一饮而尽。

小性子谁都有不是？况且跟万青正经历的烦心事相比，一杯落日黄又算得了什么。

我倒真愁不知怎么去死！万青的画外音谁都读得出。

窗外的雨仍在落着，淅淅沥沥的。谭慧打开手机的前置像头，对着冷光屏梳理刚刚被雨打湿的刘海儿。这八月的雨呀，比我那更年期的老妈还要厉害，真是醉了醉了。

你男朋友还没来找你呀？

找个鬼。万青闷声喝完第二杯落日黄，划开手机，和之前一样，预期中的信息一条都没来。

回忆，如同窗外的急雨，冲垮了她拼命不去回忆的最后一道防线。

万青认为男朋友是爱她的，和大学里所有的小情侣一样，他们经过了所有该经历的情节，送花，摆心形蜡烛告白，包括每晚例行公事般的牵手散步。可她没想到，恋爱还如火如荼，第三者已闪亮登场。

落幕的舞台还没唤醒千年旧梦，暧昧的信息再次浮现于眼前，“周末红谷滩见”。

见就见吧！

看到那条消息的时候，万青被万箭扎穿的心里就悄悄做出这个决定，见面做最后一搏！

第二杯落日黄见底，万青眼中的决绝里多了分凄婉。她是瞒着室友的，毕竟寻死这种事挺晦气，就该像电影里那样做个孤胆英雄。

划开手机，她看见了父母和住在郊区养老院的爷爷在焦虑中回她的短信，这在意料之中。半小时前，她便草拟了一封遗书，以家庭群发的形式散播出去。

软件里显示附近只有一辆顺风车，还是拼车，搁平时万青是断断不会这么选择的。既然这段感情无法挽回，其他选择自然失去了存在的价值。

落日被乌云遮住，空气阴郁沉闷，活脱脱就是万青上车后的心情。坐在她旁边的是一位老妇人，万青最讨厌老人了，几乎每个老人身上都有一股难闻的气味。

今天碰见的还算好。似乎是要去赴一场约，老人刻意地画了眼线，打了腮红。上车不久，老人便向司机讲起了她的故事。

死之前听个故事也不错。

那时候还没有你们，五十年前，他插队，到我们的村子，那时候都年轻呀，谁不犯点错，许多本不该相恋的人暗生情愫……结局是可想而知的，插队的知青一波接一波的回城，那些情愫，就那样断了。

但，但我们有约定，我们约定在生命走向倒计时的暮年时分，去看一个有落日的黄昏。

看一个有落日的黄昏，万青听得入了迷，这样的约定，靠谱吗？

不靠谱也得去，小姑娘，那个年代可不像你们现在，手机，微信，围脖啥的，天涯海角都能联系上。

车内陷入沉默，万青在昏暗中尖叫起来，奶奶咱们可以用围脖寻人呀。

靠谱吗？

太靠谱了，互联网这玩意特别神奇。司机偏过头去看万青，不大会儿，一份跨越半个世纪的寻人启事便在她手上拟好，就差最后落名字了。

奶奶却打起了瞌睡，可以理解，孤身一人从千里之外的地方找来，累是意料之中的。也罢，都等了五十几年，不差这会儿，车平稳的朝红谷滩驶去。

万青平静地等待着即将到来的死亡。但后面发生的事，超出了万青有限的想象。

您说他姓万？临下车前，奶奶醒了，万青和司机焦急地询问着那个亟待寻找的名字。

没错，他姓万，听人说他晚年就在红谷滩养老院养老，那双小眼睛哟，年轻时可招人喜欢了。

万青突然感觉自己手心在冒汗，车就在这时停下来了，有点儿类似万青此刻乍停的心跳。

万青的嘴巴停不下来了，红谷滩养老院就在眼前，她要见的人出现了，不是一个，是两个。

小方，爷爷，你们怎么在一起？万青这会儿是百思都不得其解。

我这个第三者当得还称职吧？不这样，你这个鬼孙女怕是再难来看我一回了。

爷爷俏皮地挤了一下小眼睛。

小万？一个犹豫的声音响起，两道目光毫不犹豫盯着爷爷的小眼睛。

小万！能够让人心头一片暖洋洋的声音呢。

真的是你？

真的是你！

两个老人相视一笑，暖洋洋的气息遍布全身。

好一片落日黄的美景！司机点燃一根烟，眯上眼睛，隔岸，有钟声传来。

两面针

平子一直不是一个拥有双重性格的人，这一点镇子里的人和我一样都很清楚。

我们这里把拥有双重性格的人，统称为两面针！

平子当然不姓平，他本名刘翠，出生时犯了太岁，接生婆为了安全起见，建议把孩子的名字起得秀气一些，自那以后，平子的幼年生活就被一片嘘声笼罩。

来自同伴的嘘声。

可能有人会问我，为什么知道平子的那么多私事。呵呵，平子是我的表叔，这点破事，都是我妈说给我听的。

平子不仅仅是我的表叔，他还有另一重身份。

他是我家的仇人！

我从不这么认为。

亲戚亲戚，打断了骨头还连着筋，虽然我只是一个小学五年级的学生，但这点道理还是懂的。

再者说了，表叔年轻的时候是一条极富有上进心和正义感的汉子，咋就成了我妈嘴里的仇人呢？

故事还得从多年前说起……

表叔刚来到这个世界，还没有来得及哭泣时，他妈就因为难产去世了，所以说当一个整天哭啼的大胖小子，遇见了一个没有多少耐心的父亲，这个故事的发展就可想而知了。

我们俗称的苦情剧套路。

表叔三四岁的时候，他父亲的酗酒状态达到了一个巅峰。人嘛，喝点酒就爱犯错，老话不是说过，下雨天打孩子，闲着也是闲着。理所当然的，表叔的背上就盛开了一大片一大片的紫色花朵，很是显眼。

显眼得让六姨都看不下去了。

我的乖乖，你爹平常在家里就是这么打你的呀。

年幼的表叔每次都一个劲儿点头。

半大小子，饿死老子，我现在不把他揍老实了，等以后他长得人高马大了，谁来给我养老送终？

呵呵，你就等着看谁能给你送终吧，你死了我是绝对不会哭的。

果不其然，在表叔往半大小子的路上奋进时，老子竟真给饿死了，都是自然灾害惹的祸。

葬礼上，表叔居然没掉一滴泪，哪怕是象征性的一滴。

六姨由此得出了结论，这孩子，真是个倔脾气，一根筋到家了！

事实证明，六姨的结论是对的。成年后的表叔更加倔了，不过他的倔，是一种有道理的倔。

比如说一九九八年洪水后的那次大迁徙。

一九九八年，村庄被洪水冲垮，政府一纸文件下达，让受灾居民迁徙。这是好事呀，可已经当上村长的表叔说，要先看看上面给的政策如何，万一迁走后，理赔和灾后重建不达标呢？

表叔的理智应对，使得那件事成了表叔个人历史上最为外人称道的一笔。

那时候，表叔在我们的嘴里，还是个好人，不折不扣的好人！

时光的皱纹悄悄浮上表叔的眼角时，村里又迎来了一件大事，和多年前一样，也是搬迁，不过这次，是因为某企业看上了这块地方，准备搭建工厂。

一亩地获赔两万，这可是好多村民一年的收入呢，几乎整个村子的人都动了心。

除表叔以外！

表叔给出的理由也很充分：一、咱们不能离开祖祖辈辈生活的土地；二、这个所谓的企业他调查过，就是一个违法的造纸厂，只要同意他们建厂，最多半年，这里就会成为一片垃圾山。

屁的，他当村长这些年了，捞也捞够了，就是眼红，不想看我们发财。

尽管背后的议论越来越多，但一根筋的表叔还是成功地挡住了一亩地两万块的诱惑，以及大家的发财梦。

自那之后，大伙见到了表叔，俨然一副面对杀父仇人的面孔，特别是我家。

我家的地可是全村最多的！

就倔吧，迟早会遭报应的。一直看好表叔的六姨也加入了抱怨的队伍……

是初秋的一个雨夜吧，雨水来势凶猛，所有人都去谷场抢着收谷了，把我一人丢在了家里。可是谁都没有想到，这场雨丝毫不逊于一九九八年。彼时年幼的我哭泣着，看着已经要漫过床头的雨水，心里一片茫然。

就在我的身体被冰冷的雨水打湿时，一双同样冰冷的大手把我抱了起来，居然是一根筋的表叔。要知道，很长一段时间里，表叔和村里人是势如水火，形同陌路的。

那场雨来得快，去得更快，不过它把表叔的体温永远地留在了那里。

冰冷的体温！

表叔无后，所以葬礼办得异常简单。我记得出灵时，母亲在旁边抱怨道，平子真是倔，咋就一根筋呢？

才不是呢，平子这娃我算是看穿了，他可是地地道道的两面针，才不是一根筋！

六姨说这话时，眼角似乎泛着泪光……

莲 雾

点完赞，一天才算是迈入了真正意义上的尾声。起雾了，他抬头瞥了一眼窗外，雾把城市锁得死死的，叫人无法将城市这个个体和成群的雾气划分开来。

给人一种难舍难分的错觉。

害人不是？思索了一会儿，王喜开始把他那残存的恻隐之心往回收。这么冷的天，这么大的雾，环卫大姐总不至于还爱岗敬业、在街上劳动吧。

不至于的。

他看了眼副驾驶座上放着的黑色纸箱，紧了紧身上同样残破的衣服。

衣服是三年前买的，一直压在衣柜最底层，没怎么动过。若不是撞上了这糟心的事，他才不会去翻箱倒柜将它寻出来呢。

视线收回，手机的冷光屏却亮了，开锁，原来是朋友圈里的回赞，他继续朝下滑，一条一条的，不厌其烦。雾气趴在车窗上，透着夜晚特有的寒冷，像是做好了时刻入侵的准备。

对于这闯入者，王喜能做到的只是看一眼而已，毕竟人家要侵袭的对象是整个世界。芸芸众生，试问谁又能阻止它呢。

怕是连拒绝都不能。

家家都有本难念的经，年近不惑的王喜深谙此道，生活和故事里是不一样的，生活不会打一巴掌后再给颗糖，生活是硬生生地朝你脸上抽耳光，抽完了连问声你疼不都觉得荒唐。

朝下滑，各种消息依次在五英寸的冷光屏上浮现、展开。兼职、卖药、微商，以及换着方式的秀恩爱，最可恶的是那些吃个饭都要拍一堆照片发上来的人。

女儿的话说，这叫怒刷存在感。

存在感？说这话的女儿也是不让王喜放心的其中一位，和前些天看到的那部电影名字类似，提着心吊着胆。

女儿家嘛，只要没长大，提心吊胆的日子就源远流长着。

已启动过四次雨刷了，看着窗外愈发浓烈的雾气，王喜的心也渐渐湿冷起来。太难为人了，他堂堂七尺男儿，一个过了大半辈子的男人，居然要在别人面前低头，而且是很诚恳的那种。

怪谁呢，女儿不争气，一天到晚只知道拨弄那部手机。

你咋就没给我刷出点存在感呢？

王喜的抱怨脱口而出，说出来倒还好受了些，感觉像扔掉了一件不合身的衣服。

放下手机，他抚了抚微皱的衣领。

记忆从这个时候开始倒流，流回到那天晚饭后的争吵。王喜早该料到，打小便是乐天派的女儿，哪怕抱着不及格的成绩单回家，照样会一个劲儿吵着要吃好的补脑。

女儿家嘛，还给她丢脸色发脾气。

可这回，王喜是真糟心了，初升高，多么重要的一环，补脑补脑，你哪天能让我不恼？女儿那张布满笑容的脸上，王喜顺理成章地留下了他的手印。

打自己女儿一巴掌，还真的得给一颗糖。

接着是顺理成章的，去逐个搜索朋友圈中那些隐秘的关系链。

应该就是一顿饭一条烟的事吧，没有男人不喜欢烟的，如果有，那就是两条烟的事，或者更多。进门前，王喜似乎已预见不远的将来，女儿嘻嘻哈哈地扬着笑脸，步入市重点高中的情景。

现实则给了他一记耳光之后，半颗糖都没看见，王喜迈着沮丧的小碎步走出饭店包厢。

居然真有不喜欢烟酒的领导。

说喜欢莲雾，莲雾是什么玩意。

王喜抬头成四十五度角望了望天空，雾还是那么大，将整座城市死死地锁在怀抱中。

整理好衣领，王喜将副驾驶座上的黑色纸箱提起，隔着箱子都能闻到扑鼻的清香，果然是好东西。莲雾莲雾，原来就是种产自日本的水果。

这下好了，女儿的事有眉目了。许是止不住的欣喜所致吧，王喜的头变得越来越低，渐渐地，他把头埋进了这装满莲雾的黑色纸箱中。

变故也就是于此时萌生的。

车的速度之快，远远超出了她的想象。直到她腾空跃起，在黑暗中划出那道美丽的弧线时，她还是不明白。

明明就是老爸的车呀！为什么看见自己仍不刹车呢，难道就因为自己的成绩不好要被父亲碾杀？

挨了一耳光的女儿并没怨恨父亲，痛定思痛的她打算给父亲一颗糖的。

从来都是父亲迎接她晚归，她是第一次等候父亲归来，在家门口。

与此同时，车内也是同样的混乱，亮着光的手机被这突如其来的反作用力给弹到后排座位上。

女儿的固定宝座！

彼时，雾气仍死死地趴在窗上，将这座城市的夜晚牢牢锁住，只有屏幕上的两行字依然清晰——莲雾，又称洋蒲萄，性平，味甘。

过 火

如警报，电话铃声准时响起。

林海抓起、放下，又抓起，像电影中饰演的武林高手在表演火中取栗。

真是一团火呢，不夸张。

絮叨着，林海将刚刚置于掌心的手机复又放下，已经迟了。这部本就残破的手机，在发出两声清脆的响声后，再次陷入灰烬般的暗淡。

哼，看谁熬过谁，我那龟儿子傻不代表我也傻！

林海把未接到电话的怒气全部发泄于破旧的手机上——那是承载重量的一掷。

在少数人的注目下，手机在半空中划拉出一道优美的弧线。

优美？

优美个屁。

对着墙上的拆迁二字，林海揉了揉惺忪的醉眼，清醒于揉捏中渐次爬上脸庞，换下昨夜的疲倦。由于某些不足为外人道的原因，他，已经四个晚上没合过眼了。

现在，林海唯一的闲暇时光就是在这里，在焦急与期盼中，在震耳欲聋的轰隆声里，喝完一碗姜汤。

什么时候是个完呢？

什么时候有个完呢。

同样的问题摆在所有人面前，所有人，说穿了也就一百一十个户头，按每家三个人头来算，也就是三百三十人。这些人，必须在大雪节气前撤出幸福村。

拆迁队老王不紧不慢的话语，至今仍像一团火焰，烧在三百来号人的心底。

足足燃烧了一个多月。

他的另一番话，则如一把尖刀，活活插在了多数人本就浮摇不堪的心头。

你们可别净打如意算盘，这块地，没人收就是块城中废地而已，给你们钱是讲个公道，可别蹬鼻子上脸，玩火自焚。

大伙儿清楚地记得，老王说这番话时，把而已二字特意拖得老长。

这一拖，便拖走了幸福村半数人。

算正常。林海扑哧扑哧咽下碗里没熬烂的块姜。也不是没有换位思考过，毕竟街坊邻里的，大多数是安生日子过着，老婆孩子热炕头捂着。

谁又像自己呢，能把日子活成这样的，怕是全中国也没几个。

有这样天上掉钱的机会，傻子才不接呢。

不是真不想接，明眼人都看得出来，林海是在等，等待一个机会，或者说，是熬出一个机会，把钱，熬成更多的钱。

就好比老宋店里熬制的姜汤，只有头天晚上打烊时留有余火，第二天凌晨才能顺利熬制出锅。

食材都有熬烂的时候，何况是人心！

更别说是这帮黑心商人们急切的心了。林海脑子里如意算盘打得清响。

谁劝都没用。

我凭什么要搬，赔偿款不到位，我决不搬走。你们都知道，我有个智障儿子，还是个养子，老子万一哪一天真动不了了，还能靠谁养我，能指望个傻子吗？只能靠钱啊。

任谁来，都是这番话。幸福村一下子变得不那么幸福了。拆迁队采取迂回策略，挨家挨户宣传，没几个月就要过年了，早早拿到赔偿款入住新房不好吗，非要学那个连儿子都骂的顽固老头？

顽固到最后都是没有好下场的。他这是玩火自焚。

在舆论的轮番轰炸下，幸福村三百来号人终于被逐个击破，只有老宋的店面还如余火般苦撑。林海知道，老兄弟是在陪着自己。

已是第四碗汤下肚。可，可什么时候是个完呢？

老宋细腻的语气里第一次掺杂起犹豫，如炉上随风摇晃的温吞火苗，似乎是察觉到老伙伴的犹疑，林海的脸色瞬间变了。

变得黑暗，如窗外窥不见天光的夜色。他的心也开始被入侵的寒气填满。

仍是之前那番话，林海破口大骂着原样搬出。话毕，他将一直不曾放开的左手插进大衣兜里，伸手不见五指的夜色中，传来揉搓纸张的细碎声音。

狗日的，连电都给掐了……

也是巧，刚断电，遗弃于角落的手机便亮了起来，手机的微弱光亮如漆黑夜路下的火苗，不，已经不能用火苗来形容它了，火苗太过渺小。

此刻，林海心底燃烧的绝对是一团火焰！

我就知道能成。林海在回忆里再一次确认了电话那头开发商的话语，钱随时到账，现在要做的，就是尽快与他们办过户手续。

早一分钟就意味着钱早一分钟到手。

冲在夜色里，林海是一团奔跑的火光……在路上，他甚至感受到了那种炽热。那种寒夜里令人久违的炽热。

倒真是久违，那是他早年将不足三岁的养子从火场里抱出时，身体力行过的场景，站在离家百米开外，久违的火舌正在吞噬他的房子。

不，是一口一口地吞噬着他的钱。他为了救养子的钱。

——明天就是大雪，医生给出的最后治疗时间，也是儿子的 19 岁生日。病历上说了，神经官能症在 20 岁之前是可以遏制住的，就像火焰能压制住人内心的寒冷。

这，也是儿子康复前最后的一道火光。

可，真的能压住内心的寒冷吗？怎么感觉整个世界都泛着凉气呢？

顾不上思索，林海颤抖着身躯，朝火焰中央慢慢走去。

牛　人

还让不让人过日子了?!

大姐，您慢点说，我们栏目组会帮助您的。

看见了没?大姐对着镜头诉起苦来，就是那儿，那个牛魔王整天把牛拴在门口，牛粪味比毒气弹还厉害，就是铁扇公主也受不了。大姐拿手当扇子，使劲扇风。

推拉摇移，镜头一顿狂摄，小静捂着鼻子又近距离补拍了几个画面，该采访当事人了。

咋没人呢?大铁门紧闭着，像是一种无声的抗议。

那老头白天你是见不到的，幽灵似的早出晚归。

出去干吗?

还能干吗，遛牛呗!

真是个牛人!小静嘟囔了一句，等我傍晚再来守你!

正午，太阳很烈，走在马路上几乎令人窒息，靠近城郊的省道边上，老张大气直喘，手上牵着的尼龙绳也松懈了许多。

哞——哞。

老子都没说热，你还在这抱怨。

骂归骂，老张的脚步还是加快了，不远处，是一块连着一块的青草地。

他哪知道，那是养路工人专门种植的绿化带啊。

路过的车都停了下来，不少人摇下车窗，掏出手机狂拍。奇葩啊，省道上遛牛，跟开着拖拉机上高速有得一比。

才不是奇葩，有人调侃，这叫牛人，绝对的牛人！

一人一牛就这样招摇过市了。

哞——哞！

嘿，你也高兴啊。老张握紧尼龙绳，青草地已经到了。

牛吃草，人歇脚，老张从口袋里掏出一瓶水，咕嘟喝了一大口。

蓝天，白云，草地，真怀念村子没被开发的时光！

老张脑海里刚浮现出曾经的画面，就被一阵巨大的轰鸣声拉回了现实，牛挡了车的道了。

老头，快把牛牵走。

老张心里骂了句娘，老子当年也是上过广播的名人，咋对名人这么不客气呢。

心里嘟囔着，老张还是牵紧了尼龙绳，朝远处走去……

名人，是多少年前的事了？

老张心底里盘算着，他只记得郊区被城乡一体化已经有八年的时间了。八年了，牛跟着老张可不止八年呢。

把牛拴好，老张坐了下来，回忆就像一张沾满灰尘的布，不经意间徐徐展开。

那时他是生产队干活最不惜死力的人，见活就上，见忙就帮，不少人在背地里骂他是傻牛一头，傻就傻呗，不亏！力气这玩意，去了还会来的。

那时也没有这头牛，早些年，独家独户谁买得起一头牛呀。

牛是县里作为奖励给老张的。

1998 年，是的，发特大洪水那年。

半夜里老张起来撒尿，脚还没下地呢，就踩到漫过小腿肚子的水，很快就淹没了膝盖。他想都没想，蹚着水冲出去，直奔村口李大娘家。

李大娘 80 岁了，是村里唯一的孤寡老人。

一个月后，县里派专人找到了老张，不仅送了头牛给他，还被作为英雄，在县广播站播出他的英勇事迹。

嗨，傻里傻气一个人，没承想还出了名，走哪都一身光环。

说光环呢，光环暗淡下去，夕阳西下了，老张掸掸身上的灰，从回忆里脱身而出……

这条路不是主干道呀，咋个今天人这么多？

疑惑中，一个守在巷子口戴眼镜的小姑娘，扛着摄像机对老张拍个不停。

姑娘，你拍啥呢，不就是放个牛吗？

等着回去看新闻吧！大爷，您现在可是牛人呀。

牛是牛，人是人，咋能混为一谈呢？晚上老张边开电视边嘀咕。

经过我台记者小静实地探访，发现事实确如街坊所说，牛粪堆积在街边，长年臭气熏天……

这，这不是我家吗？

次日，老张正准备出去遛牛，门刚打开，一个话筒伸了进来，还是那个叫小静的记者。

大爷，您知道牛粪对于街坊的出行带来了困扰吗？

电视台来跟踪报道了。

阳光有些刺眼！老张啪地关上了门。

这次是有声的抗议了。

刚进屋去给牛喂草料，手机响了，爸，是我！

儿子打来的，太稀罕了，老张以为这辈子只跟牛有话说呢，想不到儿子找话来说了。

快把牛拉去卖了！

好好的，为啥要卖牛？

你把牛粪堆在街边，属于毁坏市容。我们单位要知道养牛的是我爸，晋升科长就泡汤了。你被电视台曝光事小，成为我的污点可是事大。

刚要回话，啪！儿子电话挂了，像极了老张刚才的关门声……

上了电视应该是名人啊！咋就成了儿子的污点？那次上广播，可是风光了老张半辈子。

眼下，风光不再的老张怏怏地走进牛棚，牛“哞”地叫了一声……

叫什么叫，过了今天，我这牛人就没牛可牛了。

锁　心

锁是旧锁，常年失修的那种旧锁，和这座楼房的称呼相似，人们总爱在形容它们时附上一个老字，二者前后的命运也大致相同。老嘛，迟早是要和这个世界说拜拜的。

它们共同享有的光明，显然不多了。

梁婷却撇了撇嘴，对这些楼道里乘凉侃大山的大妈们，她一向是不喜的。光明，对我而言还多着呢，说锁也得先看看主人不是？

你当打无名狗呢！梁婷一双凤眼里透着满满的光明。

打狗看主人，人就活一面子，这是梁婷自幼接受到父母最多的教育。从她的那张炮嘴便可看出，她是得到母亲的真传了。

光明，我能享受到的光明还多着呢。临了上楼，梁婷仍不忘朝身后扔下那句话。

怕是你们要加倍珍惜了。

锁是旧锁，在楼道并不密集的光线下看来，已是锈迹斑斑。这是经年累月的时光浪潮冲刷后，留下的唯一证明，就像梁婷眼角暗暗升起的皱纹，和那渐渐不再亮丽饱满的苹果肌。

想想就来气，为什么女人步入三十之后就老得这么快呢？

这么想着的时候，锁心也像应和似的，紧紧地夹住了钥匙。

啪！

在钥匙转到第二转的时候，钥匙就给卡在锁心里了。

卡得很彻底。彻底得像梁婷先前眼中闪烁的，此刻已近熄灭的光明。

梁婷愣住了，随后脸颊泛起了阵阵绯红，这是担忧的绯红，人就活一面儿啊，让那些大妈们看见自己如此窘态，该如何是好。

幸好，现在楼道里没人，估摸着她们聊完天该出去遛弯了，怔怔地陪着自己的，是大白菜、牛肉，以及那躺在袋子里仍旧扑腾个不停的鲜鲫鱼。

可恶，水花都扑到腿上了。梁婷踢了鱼一脚，转过身。老旧的锁心保持着一脸锈迹斑斑的倔强，跟电视里的那些英雄一样，将秘密紧锁在口中。

就节约这点钱值得吗？让你换你不换！梁婷对着门又是狠狠踢了两脚，开始回忆起那些散落在黑暗深处、光明无法触及的记忆。

在那些记忆中，丈夫王志似乎就没为自己大方过一回。还真是，细数一下，从十年前结婚到现在，这一切变过吗？

回答是不需要经过大脑过滤的：没有！

破旧的楼房，戴过三次便掉色的“金”戒指，早已过时的裙子，还有这套该死的锁心，明明都坏过好几次了，为什么不修，为什么不修！

疑问渐多，焦虑亦多了起来。

早上去买菜时，贞贞的那番话并不是没有道理，判断一个男人有没有出轨，就看他肯为你花多少钱，肯为你花钱的男人一定是顾家的好男人。

挥手道别的时候，贞贞的 8 克拉钻戒亮瞎了梁婷一双血红的眼睛，那是贞贞男人用来锁贞贞心的。

一念及此，梁婷恶狠狠地将菜甩下，大步流星地冲出了旧楼。你不给我买，我自己买！她朝新开张的百货大厦奔去。

而她也没有料到百货大厦的吸引力，这一奔就奔到晚上才回家……

眼前的一切倒是比早上舒心了些，梁婷看着这把新锁，眼里渐熄的光明复又燃起。门敞开着，旧锁和卡断的钥匙被成套拿下，门上挂着的新锁给陈旧的家带来了一丝丝新意。

梁婷是进屋后才发觉气氛不对头的。屋里没开灯，丈夫王志的眼神却比灯管更亮，眼神是贼亮的，贼亮得都有了寒光，寒光中一连串的质问鱼吐泡一样扑面而来。

一整天都没回家，还把锁心故意弄坏，拖延我去找你的时间，说说吧，你的心又对哪个男人开了锁呀？

锁心，开锁？

梁婷的世界突然陷入黑暗。在彻底跟光明说拜拜前，她看了一眼扔在门外的旧锁，那套跟随他们走过数载光阴的锈迹斑斑的锁。

她知道，属于二人的信任正渐渐被黑暗中滋生的锈渍所吞噬。

手指上那枚钻戒，被梁婷悄悄取了下来。一不小心，这就会成为王志口中她被别的男人锁了心的铁证。

死　敌

在这个世界上，人通常被分为两种，疲于奔命是一种，而古城的人们，很明显的属于后者——

安于现状的。

古城并不是《野火春风斗古城》里所描绘的那个古城，不过是随着时代的更替，当年的辉煌逐渐沦为落寞的产物，就像古城路边晒太阳的老人。

有点儿被时代抛弃的意思了。

张士荣不这么认为，他常说，你看现在城市里有多少人向往慢生活呀，挤破头皮都往乡下钻。

是吗，可你家子女怎么偏往城里挤呢？

瘸子老九的反驳来得总是那么快，就像新闻里描绘的追踪导弹，啪，一下，就能成功炸开。

嚼舌头的家伙，可别忘了你当初那条左腿是怎么瘸的！

张士荣放下手中的篾刀，言语声足足提高了八度。

哼。

老九头一转，脸红得像个猪肺泡。

对于他们的争吵，古城的人们早就习以为常了，压根没人上去劝架，连王婆的小孙子都知道，他俩吵架的最终结果无非是以红脸收场。

动手动脚，不是古城人的做派。

瘸腿是老九的死穴，有人试过，只要一提到瘸腿，爱嚼舌头的老九便会舌头凭空短了三寸，蔫吧得像个老黄瓜。

张士荣无异于是瘸子老九的死敌。

尴尬着呢。

这尴尬还得从老九的那条瘸腿说起。

时间往前倒退二十年，那时的老九还是改革浪潮中的大好青年。可按他自己的话来说，这大好青年中间应该打个括号，括上待业两个字。

待业的大好青年老九，打小没怎么上过学。这不奇怪，他小时候正赶上“闹革命”，算是年少无知吧，老九加入了红小兵的队伍，破“四旧”，理所应当地把学校里的老师全都从讲台上给拉到了牛棚。

天地君亲师，三岁小孩都明白的道理，你咋就不明白呢？

老九的爹那时还活着，每天嘴里都重复着这两句话，喋喋不休。

爹，这都是封建糟粕，早就该废除了，学了有屁用。

你就等着后悔吧！

果不其然，后悔的日子比他爹的喋喋不休来得还快，十年“文化大革命”结束了，曾经被废除的东西恢复了原样。

包括那些牛棚里的老师。

老九是亲眼看着村子里的小伙伴们背起书包，去的学校，他可真没有想到，平日里一起摸鱼的二狗，一起满街破“四旧”的三剩，居然都会算加减乘除。

只有他自己目不识丁。

试想一下，一个十多岁的小孩，成天在村子里无所事事，置身于如《三毛流浪记》般的情节，谁会受得了呀。

找张好好道歉似乎是必然的！张好好是学校的校长，需要提醒的是，张好好当初就是被老九亲自押进的牛棚。

人如其名，张好好的确是个好人。不过这好人出了名的倔，在入学考试环节，老九连最基本的算术都无法通过。

孩子，这是原则问题，可不能怪我了。

我说你迟早要后悔的吧，你不信！回到家，爹的喋喋不休迎了上来。

后来的事情大伙儿想必也都知道了。

待业青年老九于深夜将农药倒入了张好好家的水井里，次日张好好妻子起早，才发现门口的鸡和老黄狗都死了。

那一个月之内，谁都没有见过老九。

相比之下，最离奇的还是再次露面的老九，已经瘸了条腿的老九……

坊间一直有传闻，说当年老九的腿是被张好好的儿子士荣硬生生用篾刀给打瘸的。

在坊间的议论中，古城的梅花开了。冬天，齐腰的大雪封住了山路，王婆出门摆摊子的时候，发现了雪地里奄奄一息的老九。

这大岁数的人了，你说你，天天还出门瞎溜达啥？

王婆站在灵堂边呜咽着，灵堂被闻讯赶来的古城人挤满了，灵堂中央空荡荡的，总感觉缺了点什么。

缺了棺材呀。

这大雪天的，他家又是孤老一个，哪去买棺材！

窃窃私语之声与夹杂的风雪平分秋色。

士荣叔，你咋也来了？快来搭把手呀，咋这么没眼力价?!

风雪中，张士荣用板车拖着一套巨大的楠木棺材，正向灵堂驶来。事后流水席上有人问道，平日里吵得热火朝天的，为啥到临了却对老九这么好呢?

呵，老狗日的，我当年打瘸你一条腿，现在，我还你一副棺材。

说这话的时候，士荣叔的目光一直盯着灵堂中央安睡的老九，手上紧握的酒杯，分明是在向老九饯行!

亮　剑

小刘心情不好，确切地说，他的心情已经不好到了火山爆发的临界点。这火山爆发，都是因为那条该死的新闻！

小刘是个记者，是刚到电视台工作的实习记者。

上班不到一星期，小刘就接到台里安排的任务，去采访新上任的李市长。

不错啊，小刘，这会议新闻可都是资深记者才有资格跑的，好好表现。

那天会议倒是挺顺利，新上任的李市长举手投足间，谈吐不凡，当然这跟他官场上多年摸爬滚打的经验有分不开的关系。

可是采访嘛……

采访出了点小问题。

也不晓得是不是记者这个无冕之王的头衔占了上风，小刘举起话筒不假思索地提问。

邻市的市长是因为治污不力被上级纪委请去喝茶的，请问您对这个事情有什么看法？

四下沉默得连呼吸声都在找缝隙爬进耳朵里。

李市长没回答，只是略带微笑地看着小刘。

是个人都能看出来，这笑里内容很丰富。

一片唏嘘声中，会议极其尴尬地落幕。有小道消息讲，邻市那个市长是李市长的老同学。不但不治污，还让那些企业领导把自己给污染得变了色。

难怪呢。

回到台里，小刘紧赶慢赶地把新闻稿给编了出来，还加了大半夜班，黑眼圈都呼之欲出了。

小刘，你这条新闻各方面都不错。

是嘛，难道今天要播出了？小刘有点儿小激动。

咳——虽然各方面都不错，但是，这条新闻不能播！台长说。

都不错，还不能播出，这算什么事？小刘气鼓鼓地走出台长办公室。

心情不好的时候，通常有两种行之有效的疗伤方法，一是做一个说吃就吃的吃货；二呢，自然是来一场说走就走的旅行了。

父母在，不远游。

小刘可是一直将孔圣人的教导放在心上的，思索再三，还是决定在小城里游一游，说白了，就是逛北湖公园。

不远游的最主要原因还是银子，除了在北湖公园转悠，去哪不得花钱。

黄昏时分，太阳将落未落，漫步在北湖湿地公园，小刘的心情果然变好了许多。

看着湖中的天鹅，枝头栖息的鸟儿，本来是一件惬意的事，偏就有些人想破坏这些美丽的环境。

湖中心虽然波光粼粼，但只要细看，就能发现水面已被一层淡淡的浮油覆盖。枝头的鸟儿，虽然闲适，树干却已是遍体鳞伤，清晰可见，许多树的枝干已被市民随意折断。

小刘的心头燃起了一股无名之火！

咦？那家伙咋好像是……

放眼望去，一个黑衣黑帽、鼻梁上还戴着一副墨镜的中年男子进入了小刘的视线。

不会吧，怎么会在这碰见他？

狭路相逢啊。

小刘悄悄地尾随过去。终于，在日落西山红霞飞的时候，中年男子进入了某高档饭庄……

这一带可是著名的腐败窝子啊！本市不少干部就是在这里被拉下水的。

才上任几天就开始玩起腐败了！老子这回非要拿起摄像机，好好亮一回剑，让他晓得无冕之王可不是浪得虚名的。

一连尾随几天，小刘才真的确认黑衣人就是新上任的李市长。

每晚到了那个时段，小刘就带上新买的手机，偷偷拍摄李市长的一举一动，并把这场行动命名为亮剑行动。

一个月过去了，小刘发现，李市长自上任起，就没停过这一腐败活动。

是时候了！

小刘带着视频录像，雄赳赳气昂昂地走进了台长办公室。不进去还好，一进去可是大跌眼镜啊。

李市长正端坐在会客室里。台长回过头问小刘，有什么事吗？

事大着呢，大不了不要这饭碗了。都说“老虎”“苍蝇”一起打，我今儿就算当不了打虎的武松，也要当个打苍蝇的电蚊拍。

我要举报你！小刘目光直通通地盯着李市长。

举报我？李市长看一眼台长，笑道，还真有不怕虎的初生牛犊啊。

你刚上任，不仅不作为，而且还一天不落地腐败。我，我有证据！

小刘掏出手机，屏幕上浮现出了一些拍摄的画面，可以清楚地看见，李市长大踏步进入了某高档饭庄。

看到这儿，李市长与台长四目相对，情不自禁地笑了起来。

小刘，你先别急着举报我。我到台里，也是带着视频来举报的。李市长也亮出一部手机。

手机上拍摄的居然也是北湖湿地公园，不过李市长视频里拍摄的全是毁坏公物、破坏环境的场景。那天小刘看见的水面浮油，正是从某些高档酒店下水道流进湖里的，还有被酒客任意折断的树枝，一个不落地来了个情景再现。

视频结束了，小刘眼镜没跌下来，他把镜片擦干净，一眼不眨地看着李市长。

市长您这葫芦里到底卖的啥药啊？

我这葫芦里不是药，是一把双刃剑！

剑？

对，一面利刃切断公款消费，一面利刃唤醒市民素质！

一个月后，电视台联合市政府推出一系列曝光节目，在节目的推动下，不仅是北湖湿地公园，小城的每个角落都恢复了亮丽的容颜，而且更胜从前。

高档酒店出入的，都是寻常百姓了。

这个节目被命名为《亮剑》！

摸 秋

落日盛大，已被杀死在怀中。一片片泛黄的梧桐叶飘落，似乎是上帝借树之口来宣告，秋来了。

秋来了，虽触摸不到，但已不足以构成一个秘密。

梧桐树下李平一根接着一根抽着烟，烟就没断过。商人靠烟酒开路，在世人眼中成为一个定律。他低下头，阴沉的脸和天边的昏暗遥相呼应。

秋来了，口中哈出隐约可见的气体告知李平，这回，来的是真正的秋。

且来者不善！

秋到底是什么呢？李平思索着，目光停驻在不远处的夜市摊上。

对凌晨四点起来扫街的环卫工而言，她扫不尽的是落叶与寒冷。对凌晨六点起床赶早班车的上班族来说，她是拥堵不堪的人流，往大了说她是钱和命运，往小了说她不过是个季节。

不过就是个季节，没什么大不了的，寒冬还远着呢。

李平将烟熄灭，把正抹嘴巴的儿子抱到车上。儿子五岁，刚吃完煎饼馃子的小嘴一张，爸爸，这么晚了，我们要去哪呀？

去哪？李平望了眼后视镜里满眼疑虑的孩子，疑虑中又透着几分简单纯真，显然他不懂。秋意味着逃亡，对眼下的李平来说。

关于逃亡的路线，他预想过多次，也否定过多次。再怎么说，之前都是一根线上拴着的蚂蚱。

太知根知底了，他们闭着眼睛都会猜到自己的路线。

不管了！

踩下油门，车缓缓行驶起来，随着窗外的景物渐渐后退，李平的心绪平和了些。还是孩童的脑袋灵光，儿子的那一句“从哪里来就回哪里去”简直是精辟得无法再精辟了。

任他们抓破脑袋也想不到自己会去那吧。

当初就该把事情想简单点，不跟他们这些人鬼混，可那毕竟是当初了。自己无力篡改公司破产携款跑路的命运，如同这秋，谁知道背后藏着多少果实可以收获？

瞥了眼后视镜里熟睡的儿子，李平悄悄将车速提起来。

他讨厌现在的自己，就像当年讨厌父亲一样！回忆如幻灯片般覆盖于后视镜上，可爱的儿子也在一念间化为可憎的父亲。

并没有温馨的时刻，在所谓的家庭回忆里，父亲永远都是板着那张脸。儿时的李平最怕的是父亲喝酒，每次他喝完酒，那个山村小屋里就只剩下哭闹。

还有厮打。

厮打如深秋的风，一层一层加重凉意。若非这些白露和寒霜的叠加，李平有理由相信，母亲不会那么寒心去世，自己也不会少小离家。

一出走就是三十年。

他至今记得临走时，父亲扔出的那句，混不出个人样就别回来见我。可笑啊，选择回来，居然是在最落魄的时候。

其实也有私心作祟。背井离乡多年，李平脑袋里却一直记挂着那两个字：摸秋。

八月摸秋不算偷，如果摸到新鲜的瓜果，便意味着双手沾财。财，对于当下的李平而言，和后座上的儿子具有同等分量。兴许能在亲戚那周转一些吧，在他人模狗样儿时没少接济大家。

钱是早些年李平跟家乡唯一的纽带。

对着未卜的前途，李平一阵长叹。

路比想象中短，由平坦转为颠簸之后，李平意识到，离家不远了，他不由得紧了紧依旧一筹莫展的眉头。

秋来了，这是儿子下车后的第一句话。李平注视着面前杂草丛生的院子，先前坐在车上的憧憬统统变成了不堪直视的呕吐物，父亲一点儿都没变，变的只有瓶子里越来越浅的酒。

如同他那濒临破产的公司，田地已被杂草覆盖为废地。

哪还有一丁点儿的秋可摸？

注定是无力回天！李平的心凉了半截，突然很想抱住身边唯一能给他带来温暖的事物，转身，才发觉先前大叫着秋来了的儿子已无处可寻！

一场秋风一场凉，李平念叨着，心彻底凉透了。他突然意识到，属于他的秋天才刚刚拉开序幕。

脑袋被雷炸了，居然异想天开指望在老家周转资金。

被炸醒的李平在短暂的寻找之后，发现儿子原来就躲在屋后的草堆里。那是他童年最熟悉的地方，父亲每次醉酒要打他时，那儿就成了他的避风港。

时光开了个玩笑，一同躲在里面的，还有可憎的父亲，孩子的爷爷。

五岁的小儿子吮着大拇指，指了指头发花白的爷爷说，爸爸，他说有宝贝要给你看。

能有什么好东西？接过一块布包着的物什，慢慢打开，有梨子，有香瓜，有板栗，最没有令他料到的，是两张存折。

这么些年，你一直没回来，你寄的钱，我怕被人摸走了，每年摸秋时，我都拿出来看看，父亲酒气熏天地扬着存折，让人疑心他扬着一面猎猎作响的旗帜。

八月摸秋不算偷呢！

晚风中，众鸟回巢。五岁的儿子在夜光下边喊着摸秋边扑向低飞的萤火虫。

李平给父亲嘴里喂上一根烟，点燃，一明一灭的烟火中，那张饱经沧桑的脸，也不那么可憎了。

痦　生

冬至见了面，一天长一线。

长在哪儿呢？

东至不晓得，他是那种一竿子下去都打不出个屁的庄稼人，面对晓静的突然发问，东至打出的只有哈哈。

哈哈落在刚擦拭过一遍的落地窗上，化作实实在在的一团气体，将东至的眼眶映出光来。

亏你还叫东至。晓静别过头去，却别出了一脸的笑意，她的笑脸朝向巨大的落地玻璃。确切点说，是朝着玻璃上那团雾气形状的小婴儿。

你啥时候偷画的？

这下，轮到东至别过头了。按时下兴起的说法，此际东至的内心傲娇着呢，任你百般好话，好话百般，爷就是不说。

不消说，还得使老法子。

思忖着，晓静将手上大袋大袋的东西放到旁边座椅上，呈网状摊开，冬天的不好在顷刻间，在晓静瑟缩的动作里暴露无遗。

不好，说穿了就是坏，但庄稼人的习惯是嘴上不挂坏字，和年三十晚上灯亮亮一年属一个道理。

也算迷信的一种吧。

费了老半天劲，晓静才算把家物什给薅了出来，烟盒蜷成一团。拜长时间的赶路，路途中多颠簸，没断就行。晓静瑟缩着将烟点燃，递到同样颤抖的东至手中。

东至吸下一大口。

一大口后，落地窗前的两张脸再次重叠，两个微笑，叠加为一个微笑。

别抽这么猛，对宝宝不好。凑近了，东至才发现劝诫自己的晓静的脸庞惨淡如月光。是白月光，令人生畏的拂过，令冬天的大地上觉察不出一丝暖意。

或者说，是白月光把土地里仅存的温暖给偷走了。

医生的脸，恰似白月光！

医生是从那扇门里缓缓步出的，步伐慢得出奇，东至甚至注意到，医生靠近自己时，推了推眼镜框。

借一步说话？

晓静注意到，给借一步说话后的东至从诊室出来时，浑身的力气，也像是给医生借走了，一对眼暗淡，看不到边际。

寤生，寤生。是寤生。

误生？难道咱们误了生孩子的最佳时期？可，可，我才不到三十的年纪啊。

是——寤——生。

东至拽过晓静护在肚子上的手，一遍遍，在她手心里写这个字。不是咱理解中那个误，是七日而寤的寤。古话，通俗点解释就是难产。

医生说了，孩子得打掉，他发育得不完整，强行生只会造成难产。

一遍遍地复述，像是自问自答。天咋这么长呢？那天傍晚的落地窗前，晓静出奇地没有流泪，只留下这句话和那张清冷如月的脸庞。

是啊，天咋这么长呢？

烟啪一下灭掉，在追问中，回忆戛然而止。东至还是那个东至，除了动作越发不利索之外，似乎没什么不同。他伸出手去擦拭置于桌前的方形玻璃框，唯一不同的是，玻璃框中的晓静依然年轻。

本该是幸福的晚年呀！的确，在预想中，和晓静一起去孤儿院领养的女儿豆豆，应该为他们的晚年带来幸福和满足。那时候，夫妻二人料理完医院的事，便把全部的爱搁置于豆豆身上，并幻想着长大后的豆豆能知事。

这年头，也不求儿女养老，好好读书，好好工作就对得起父母了。

命运却再一次难产了，不是寤生吗？豆豆的生母找上门来，东至气得跑去孤儿院理论，但再也找不到当初那个将豆豆递给自己、声称豆豆的母亲生下豆豆后就死于寤生的男人了。

冬至那天，东至准备给家里上把锁，回到家，才发现豆豆不见了。

知事了，知道跟亲妈跑了。东至念叨着，倒在冬日的阳光下。

天咋就那么长呢？醒来后的东至嗅到了医院里那股久违的来苏水味道，正要埋怨，一根烟却突然递到了自己嘴边。

豆豆，你？

你还回来干啥！东至是知事的，他看见豆豆的身边站着的那个女人后，语气大变。

哼，自己不争气也要给痞生的晓静争口气。东至思忖着，蜷缩在白床单底下的腰板渐渐挺直。

行了，爸。豆豆边说着，边把他挺直的身体给放下去。我妈她不是坏人，再说了，我只是和妈去镇里买个年货，再怎样咱得过年不是？

这可是咱一家四口第一次聚齐过年呢！

年货，四口，一家？

年货，四口，一家！

东至颤抖着，目光对上了同样颤抖着的女人的目光。东至是知事的，知道大过年的哭鼻子不好。不喜庆。

别过头去，落地窗前，东至的眼眶亮闪闪的，那是给强行逼回去的痞生的眼泪。

——豆豆知道。

御　寒

有些事，做了就不要去想。

有些事，不做也忍不住会想。

念叨着，老路沽下一口酒，孩子的话在喉头打起滚来，挺不自然的，老路抖了抖因寒冷而发颤的身子。

凉意，见着缝便往骨子里钻。

老路不怕凉，酒能御寒，虽是老话，确是大实话。咕嘟咕嘟闷下两大口酒后，那些附着于身上的寒气似乎真的远遁了。

心理作用？

也许吧，照那个净爱在自个儿面前卖弄知识的孩子来讲，可能真的是心理作用在支撑。

按他的语气，结尾处应该换成作祟一词才合适。

哼！

老路恰恰觉得，孩子对待自己，一直有作祟的嫌疑。

想到这，老路将酒壶盖子拧上。变天了，飘雪只是转眼的事，去年下雪时受的教训，今年不能再犯。

这属于生活常识，早上下楼时他还嘲笑过对门的老李呢。老李正与结冰的水龙头四目相对，里头上冻了，拿着螺丝扳手也只能干瞪眼。

如同自己面对孩子。

老路发觉，自己和孩子多数时候的状态，也是同样的干瞪眼。

而自己，还不如老李，老李手里多少有个工具，对孩子，老路他没称手的工具。

你说，不是作祟是什么？

老路弓着腰，那双布满茧子的大手将小区值班室桌子拍得砰砰响，一旁亮起的手机屏幕里，百度百科给作祟有着这样的解释——

作祟，指人或某种因素作怪，捣乱。

真是捣乱，都快奔四十的人，咋不明白老人的心思呢。

我们就是想抱抱孙子，趁着自己还有劲，替你们分担压力，带带孩子嘛。

可别，您这么单纯的想法就是我们最大的压力。

瞧瞧，是人话吗，生儿育女，人之常情。你们说说，现在的年轻人都在想啥。

又不是生不出来，我就让他们给我再生个孙女怎么了！

你说是不，老路？

这么多年了，老李仍旧跟在单位里一样，净跟自己过不去。有些天，不聊也罢。老路效仿儿子的口气，喘着大粗气出了值班室门。

不怪别人。

老路提脚，重重地踩上刚落地的雪花。怪就怪自己，生了这样一个忤逆之子，更怪的是他执意要娶的媳妇，居然是个石女。

在老家，老人们将生不出来孩子的女人统称为石女。

通常，这些家门中的老人脸上都是无光的。

老路脸上的确无光，儿子越大越忤逆，昨天，竟然敢指着老路的鼻子骂他不是人。

不就是让他离婚再娶个能生娃的女人吗?!

一改往日的温和，老路这回态度决绝，什么爱什么情，都是扯淡。是，我承认儿媳妇对我挺好的，知道我好酒，天天给我打最好的酒。但没有孩子的家庭就是狗屁，我脸上无光。

扔下“必须离婚”四个字后，老路甩门而出，离开了那个暖气四溢的家。

老路不怕冷，就怕脸上无光，他知道自己做得不对，但总好过在人前直不起自个的腰!

雪，落得更大了，靠在小区门口沽酒的老路意外发现，风雪中，有个年轻人腰弓得比自己还要狠。

有事要发生。

凭着直觉，老路跟在年轻人身后，也是奇怪，年轻人身上裹的比自己还要多，更怪的在后头，年轻人靠近垃圾桶，将怀抱里的衣物一股脑儿给扔了进去……

——说到这你应该明白了吧。

嗯，可老人家，你当时救下被遗弃的小女孩时，心里是怎么想的呢，就不怕碰瓷?年底了可乱着呢。

怕啥呀?

沽下一口酒，老路对着闻讯而来的长枪短炮说道，有些事，做了就不要去想，这是我儿子告诉我的。

老路倒觉得，对于当下这些生而不养的年轻人而言，后面那句有些事不做也忍不住要想，更重要。

倘若做得不对，想起来更叫人心寒……

嘿嘿，得亏有酒呀！酒能御寒，我儿媳妇跟我说的。这酒也是她特意给我打的呢。

镜头中，好人老路的嘴里冒着酒气，脸上放射出从未有过的暖光。

医　闹

男人跑了。

跑得比承诺与誓言落地的速度还快。

男人是前脚承诺，立下誓言，后脚就跑掉的，应了那句老话，夫妻本是同林鸟，大难临头各自飞。

搁谁谁不飞呢？

久病床前，把谁搁这儿都得飞。这是林巧和小姑娘们多次讨论后得出的结果，虽是一面之词，倒费了不少唾沫哩。

林巧是个小姑娘，不大不小那种，女人如鸟类般叽叽喳喳的八卦天性在她身上暴露无遗。但她仍旧嫩了些，和病房内那位久病成精的女人比起来。

真是成了精，卧床的女人像是生了对顺风耳，小护士们在背后，在走廊里，在换药间隙絮叨的那些闲话，她全都能听见。

更绝的是，女人会在护士换药时，以独特的针眼式腔调来复述，强调一遍小护士曾说过的关于她的闲话。这过程中她会死死地瞪着你，嘴巴鼓动，唾沫如刀般飞溅而出。

好几回，甚至掐住了护士的手臂！

疼，比扎针还疼。这女人，太能闹了，要出点医疗事故，肯定能翻天，不怪她男人跑了。事后在换药房里，众人唾沫星子一通乱飞。

一如既往地抱怨，也一如既往地热闹、叽喳，林巧的心却凉着，悬起的一颗心，怎么样都热不起来。

更别提闹了。

和来时相同，案头依旧摆放整齐，白纸依旧白纸，尚无黑字，而脑海里那篇关于医闹以及行业发展的毕业论文，像真的坠了海般，了无头绪。

抬头望了眼时钟，那家伙不知疲倦地走着。

回头的刹那，两个女人的眼神撞上，各自读出了各自的忧伤。

据说有人曾在医院十楼放疗室见过她丈夫——那个文质彬彬满口相濡以沫的虚伪男人。

据说罢了。无人确认，男人究竟归类于消失，抑或失联？

呸。

女人大口将唾沫吐出，语气逐渐加重。狗屁相濡以沫，我就后悔没听我妈的话，嫁了个意气书生，满嘴仁义道德的是他们，大难临头各自飞的还是他们。

恶心。

女人大口呼着气，最后一口唾沫随着放缓的语气飞出，有点儿上气不接下气的意思。

月头，女人的病情明显重了。

月尾，女人的身体明显轻了。

林巧不晓得女人的病情到了什么地步，她只是来体验医院生活，完成毕业论文的，其他一概不知；就像病床上的女人，到了这地步，只能以嘴里的唾沫来反击这个没有契约精神的世界。

不要妄想着所谓相濡以沫的誓言！

都是狗屁！

给女人换药的时候，她又开始新一轮的闹骂，搞得林巧那颗本就透着凉意的心发起颤来。

还没有头绪？

女人看出来林巧有心事，她还没病入膏肓到傻的地步，撩起稀疏的头发，好半天才摆弄成一个简易的刘海……手术后，女人的掉发现象较之前好多了。

依旧吓人。

可她接下来的话比掉下的头发还要吓人！

我打听过了，你不是专职护士，只是来完成关于一篇医闹的论文。现在管得严，没人敢医闹，要不我来个医闹，不仅能让你拥有第一手的论文资料，闹大了，我那满口相濡以沫的虚伪男人没准会迫于舆论压力回来也未可知。

女人说完，吐出一口唾沫，带着血丝。

林巧的心，是给这团红重新燃起来的。

那是个阳光明媚的中午，以唾沫为暗语，两人开始了名为“以沫”的计划，可不知怎的，临了临了，林巧的心里却打起鼓来。

她望向窗外，明媚的光线，阳光却透着一股说不出的老态龙钟。

而那一刻推门而入的男人，则完美地诠释了何为老态龙钟！

不理会妻子的谩骂与捶打，男人的动作异常缓慢，表情由哭泣切换至微笑，竟花了三分钟，随后追来的护士刚要进门，让男人挥手给拦住了。

被挡住的护士们唾沫星子在楼道里乱飞。

知道吗，男人和妻子一样，是甲状腺癌，晚期，咱们院唯一的主治医师建议他先动手术，男人不同意，只好想到失联这招，让女人先动手术，脱离了生命危险。

女人知道吗？

……

当然知道吧，久病成精，要不然刀子嘴的女人会像啃苹果一样甜蜜地啃住男人的嘴巴闹腾？

林巧咽下一口唾沫，微笑着替病房里相濡以沫的二人做了回答。

这样的医闹，要是写成论文，一定让人耳目一新。

放　生

从川主庙街出来，已经不早了。街道上空落落的，遇不见一个行人，秋将盛、风席卷的空气中满载着寒意。车过，扬起屑尘，和屑尘同样恼人的疑问接踵而至。

就不能放自己一条生路?

沉默说明了一切，这沉默是令人窒息的，带着不屑，和刚刚进去时一样，她的眼神里依然写满了坚定与果决。

像是对应她名字里的那个果字似的，刻意的成分居多。

风尘。林果掏出面巾纸擦脸的刹那，脑子里突地就蹦出来这个词语。多么好的词语呀！她抬头看了眼弥散于空中的尘屑，如果是他，应该会加上恋恋二字吧，嗯，那样才显得完整。

如果他还在的话。

模仿着他的语气恋恋了数下，回过神，林果发觉天已黑透，塑料袋里的物什扑腾扑腾地跳，就没消停过，像是个喋喋不休的妇人在林果身边提醒着：不早了，不早了。

的确不早了。但这要看放在哪个场景里说，不同的时间或节点里，相同的人会做出与之截然不同的选择。学生时代的林果爱看穿越类的小说，也常常会幻想，要是自己真的能穿越回过去，会比现在过得好吗?

回想起来真是幼稚得可笑，有好事也轮不上自己的，从小到大都是如此。

倒霉催的!

你才倒霉催的呢，有这么说自己女儿的吗?! 我还非就不往生路上走了。对于母亲纠结着能不能放自己一条生路的追问，林果实在是烦了，也厌了。

低头瞥了眼自己日益不堪的躯体，手上塑料袋扑腾得更厉害了。远处霓虹交替闪烁，脚下的大地渐为黑夜所遮蔽，又冉冉升起另一类辉煌。林果清楚，这正是男人暧昧、女人妩媚的时刻。

一切都和自己无关。

谁让自己摊上这么糟心的事呢。这么一想，林果便果决地朝着菜场路奔去。

今天必须给自己做个大菜!

熬过了 25 岁这个坎的女人，在忧愁时通常会借吃消愁。

林丽芬不，林丽芬对吃是不感冒的，忧伤的时候她偏向于喝酒，在酒中销掉那万古之愁。当林果拎着大袋小袋的食材进门时，林丽芬没说帮忙。

不骂林果都是好的呢。

林果将大袋小袋的东西提到厨房里放下，熟练地磨起了刀。说起来这两面打花刀还是父亲在时买的，那时家里可以用天伦之乐来形容，母亲做饭，父亲择菜，林果负责大快朵颐，热腾腾的饭菜与堆成山的欢笑，一直深深地留在她的心中。

不能怪母亲。切着新鲜的老姜，林果的目光不自觉地转向了客厅里已经老去的母亲，真是不怪她，父亲走后，大伙儿都以为家里塌了天，母亲却一手将这天给支撑起来，将林果养大成人。

用当下流行的词来说，那真叫岁月静好，如果没有上月那场事故的话。

难道怪他？难道真的要听母亲的，打掉肚子里这个小家伙？犹疑着，袋子里的物什却激灵着蹦了出来。林果刚想去抓，那家伙居然哇哇哭出了声。

与之同时袭来的是阵痛，趁着还有点力气，她赶紧关上厨房门，娃娃鱼终于被堵在了门口。

大补呢，可不能让你跑掉。产科医生说过的，孕妇就要多补补。好不容易将鱼重新捉回到案板上，林果却又愣住了，案板上的鱼一直在哭，婴儿一样的啼哭。

林果突然联想到了前些天看过的一则新闻——某医院将已成型的被打掉的胎儿扔到河中……

再回过神，手中的花刀突然幻化为病床上的手术刀！

鱼仍在啼叫着，那模样，活脱脱就是个孩子呀，柔弱得令人心软的孩子。哐啷，刀应声掉在地上。

同时响起的是敲门声，门开处，屋里意外地多了一个男人。男人衣着笔挺，正和母亲说着什么事情。

看得出母亲眉眼里尽是笑意。

她居然还笑得出来！林果几乎要甩门而出。

果儿，这是小志单位的主任，他是来告诉我们一个好消息的。

好消息？林果实在想不出目前还能有什么好消息，她可是亲眼目睹未婚夫小志被车撞死，人死不能复生。

的确，人死不能复生。主任接着话头说了下去，虽不能复生，但小志为了挽救过路行人，这种牺牲小我、成全大我的精神，政府希望传承下去！

传承？林果低下头，瞥了眼如小山包的肚子。

你就放心地生下孩子，家庭的一切负担由单位解决，这可是英雄的后代呀。

英雄？

英雄！

林果的目光飘向窗外，那条放到水里的娃娃鱼已不再哭泣，等明天，放生它吧。林果轻轻抚摸了一下肚子。

不早了，留下来吃晚饭吧。由不得男人拒绝，林丽芬的语音突然间高了八度，那语气，像极了赵丽蓉小品《英雄母亲的一天》里英雄的母亲。

为未过门的英雄女婿，你得陪我干一杯！

|第二辑|

刀剑如梦，你可曾忘了江湖

血光剑

师父，我已经在这雁荡山上待了十八年！

怎么，十八年就待不住了，想下山？

师父，江湖中不是有句老话，出名要趁早吗？岳云十二岁就挂帅了。十八年来，我空挂着江湖弟子的名分，一丝血光都不曾见。

想挂江湖弟子名分，想见血光，还早着呢！

山间云雾环绕，偶尔飞过一行白鹭，称得上是人杰地灵，陡壁之上，坐着一个红袍老者。

他就是我的师父——大李红袍！

如今，大李红袍这个名号或许没有几人知道，但在二十年前，中原武林中无人不知“销魂小青衣，夺命大红袍”的名号！大红袍自然就是我的师父，至于他的真实姓名，我也无从知晓。

江湖上一直有个传闻，很多年前，有一把名为“血光”的宝剑，据说削铁如泥，杀人不见血，最重要的一点，里面有一个天大的秘密！

这些都是在我下山替师父打酒时听人说的，而且，我还听到了这个传闻中极其重要的秘闻——在一次比武中这把剑被一个身着红袍的老头夺走！

试问江湖之大，除了我师父外又有谁身着红袍？

自那以后，我每每趁师父不在便去他的房间里翻找，其实也没有什么歹意，作为一个习武之人，对于传闻中的兵器天生就有一股说不出的好奇。

师父的房间里除了生活用品外就是几幅水墨画，几次下来，我倒有些怀疑那天听到的传闻了。

很多传闻都是站不住脚的。

清晨，有雾。

山崖上，师父正在传授我武功，“石头，你要记住，本门心法乃至阴至柔，不可心生浮躁，要步步为营！”

“师父，您教我的这些花把戏到底能不能打人啊？”

“等你真正遇到对手时你便晓得了！”

我就是在等他这句话。“哼，这山上除了你外就没有别人，等遇到对手，要等到何时？”

“哎，你的马步没扎稳！”师父走了过来，我还以为他要打我呢，朝着他的背影做了个鬼脸。

“再等等吧，你会明白的！”

再等等，切，我绝对不要再留在这鸟不生蛋的地方了，是的，我要走！

夜黑，风高，我蹑手蹑脚从床上溜下来，看看正在打鼾的师父，他当然不会醒了。因为我在他晚饭的酒里，加了点迷魂散，十二个时辰的量，嘿嘿，等他一觉醒来，我应该在百里开外了吧。

终于下山了，我不停地跑啊，不停地跑，腿上就像生了翅膀一样。下山的这条路闭着眼睛都能走，我还是变换了“八步赶蝉”“燕子三抄水”“平布青云”三种轻功。

实在是跑不动了，在一个小镇的客栈里，我住了进去。

刚要睡着，背上的伤又开始剧烈疼痛。哎，我怎么把这点给忘了，十八年了，每每月到中旬时，我的背上便会隐隐作痛，小时候疼得还很轻，就像蚂蚁在咬一样，到了这几年，像是马蜂蜇了。

所幸有师父为我疗伤，每次发病之时，他都会很神秘地从房里带出一些药粉，药粉是红色的，敷在背上冰凉凉的，像寒铁，还有些许血腥味……

还是回去吧。我收拾好行囊，忍着痛往山上跑，回到茅屋的刹那，我被眼前的一切给惊呆了！

"师父，师父，你怎么了？"只见屋中物件凌乱，师父满面鲜血，显然刚经过一场剧烈的打斗！

"石头你还是回来了，背上又开始疼了？"师父牙关剧烈颤抖着，他的手心冰凉。

"师父，你别说了，徒儿不肖！"我合起双掌，贴着师父的后背。

"别浪费内力了，我中了西域丧门掌，无力回天了！"师父断断续续说道："去……去屋子里，把角落里，那，那个箱子抱出来！"

我在角落里真的看见了一个小木匣子，师父让我打开，里面有一把剑，是一把断剑！

"你不是一直问我不让你下山的原因吗？"师父手拿断剑，用尽最后一丝力气说道："你天生就患有瓷娃病，骨头比瓷还脆。在你三岁那年，我得知了一个秘密——剑身磨成药粉，可以令你痊愈，只差最后……两年了！"

两年？

是的，两年！师父两眼一翻，断了气。

“哈哈！”怪不得师父从来都不打我。我拿着这把断剑，与它一同坠入了山后的悬崖。

大李红袍在雁荡山的消息是我散播出去的，我只是想看看传说中的宝剑是否真的在师父手中。

孰料，引来的是我们师徒二人的血光之灾。

落到崖底之前，我听见了浑身骨节爆裂的声音，有血光在我眼前漫天飞舞……

快意刀

我已经等了十年，这十年来，风雨无阻，披星戴月，我每天都在这里，重复做一件事——练我的绝杀刀！

我已经等了十年！江湖在这十年里潮起潮落，新旧更替，只有我还是曾经的我。

“爹，这个人是谁啊，他真的每天都在这里？”树林的入口处站着一对父子，身着绿袍的中年男子掏出手绢，咳了一下，手绢上立马出现了大片猩红……

“你终于来了！”

“是啊，没想到过了十年你还是如此恨我！”绿袍客将手绢收回袖中，淡淡地看着眼前这个形如疯魔的男人。

“啊，爹，我怕……”小孩躲在绿袍客身后，想看却又怕眼前这个男人。

“我李沧澜昔年不可一世，却没料到连个三岁孩童都惧怕我！”这个人名叫李沧澜，昔年以绝杀刀横行江湖，十年前销声匿迹，原来他躲在这里。

树林外突然传出惨叫，确切说，是鸟叫！三人转过身来，“砰砰砰”三声闷响，循声望去，地下并排躺着三只喜鹊的尸体！

“沉舟侧畔千帆过，病树前头万木春。沧澜，你何时惹上了他们？”绿袍人还待发问，却听呼呼风响，从树上跃下五个黑衣人。

这不是普通的杀手，他们便是以杀人不见血而闻名于江湖的“唐诗”！为首一人走上前，呵呵冷笑道：“李沧澜，我们找了你五年，你终是逃不出我们的掌心，今天我们就要绝杀你了，拿命来！”言毕，他已悄无声息地射出两枚毒刺。

“咻咻！”脆响声过，黑衣人一抬头，就看见了一把刀！

一把江湖无人不知无人不晓的快意恩仇的刀。

刀是弯的，如月牙！

“快意刀，你，你是王无意？”黑衣人惊呆了，他死死地盯着眼前的绿袍客。

“没错，我就是王无意，请你看在我的分上，放他一马。”绿袍客微微抖动手中的刀，森森寒气扑面而来。

“绝杀刀还在手，用不着你救我！”李沧澜突然起身，拔刀，一连串动作如行云流水般飘逸。

绝杀刀出手，顾名思义，就是要赶尽杀绝。

“你答应过小静，从今往后不会再杀人的。”王无意挥手一刀，挡在李沧澜面前，然后冲唐诗厉声吼道，“还不快滚。”

快意，绝杀，双刀联手，纵横天下。

唐诗头也不回地掠出树林……

树林里再次安静下来，只剩下喘息和哭泣。

“小静，她还好吗？”李沧澜收刀，异常的冷静。

“十年前你为什么抛下她一人，李沧澜，你好狠的心！”

“当年我惹下太多事端，小静跟着我也只有受罪，我真的不想让她与我颠沛流离。”

“所以你就一走了之？你，你可知道小静她是怎么度过那两年的！”王无意居然无意冷静。

"小静，我对不起她！"

"说这话有什么用，她再也听不到了！"

"她，她，她难道……"李沧澜跌坐一边，王无意缓缓地点头，"她抑郁成疾，在你走后第二年便去了另一个世界！"

"你骗我，我不信！"李沧澜突然拔出绝杀刀，在树林间狂奔，一棵棵大树应声而倒。

十年前，王无意和李沧澜是莫逆之交，两人一起饮酒，一起行走江湖，好不快活，直到他们遇见了小静，一切都改变了，他们竟然同时喜欢上了这个姑娘，小静最后还是选择和李沧澜在一起，谁知李沧澜却在新婚后不知所踪……

快意刀从此不再快意。

"十年了，我找了你十年，你个绝杀的人！"王无意出刀，向李沧澜砍去，李沧澜一刀拦过，二人将心中多年的怨恨全都发泄出来。

"爹，别打了！"小孩躲在树后，哭啼声里带着惊惶。

"哼，再怎么不快意，你还有个儿子！"李沧澜眼珠暴血，使出绝杀，王无意轻轻咳嗽了一下，突然弃刀——须臾不离手的快意刀。

他不想快意恩仇了？

李沧澜的刀准确无误地命中了他的头颅，血光飞溅的瞬间，王无意回头，看一眼树后面的孩子。

李沧澜扔刀，快步冲上前来，大叫道："兄弟，你怎么不接招，我不是真的要杀你啊！"

"我……知道，沧澜。"王无意居然还在笑，眼光落在那孩子身上。"小飞，是你的……儿子，他是你走后……半年，小静生下的!”

啊?

李沧澜悚然一惊，看一眼哭泣的小孩，却打了个冷战，小飞的眼眶里，只有恨!

……

快意刀插在小飞脚下，迎着风，刀上还有血光。

王无意的血，映衬着小飞眼里的寒光。

落叶镖

眼前飞过一把亮闪闪的刀，速度之快，令人无力还击。

他姓唐，唐门的唐，唐无。此刻，他手上暗藏的五柄“糖水”，已经箭在弦上，只待时机成熟，便会一把撒向李仇。

李仇也非鼠辈，五毒教教主，为了暗器之王的名号，他已杀死了“毒婆婆”“阴七”“鬼手童子”和“毒一”。唐无是他最后一个目标。

今天，李仇约他在中原腹地登封，展开决斗。这一战，既分高下，也决生死。

唐无深知这一战关乎唐门的生死存亡，是以在挡了李仇的“三十六路春花秋月镖”后，下定决心，不会再让李仇有机会出手。

他必须令其无法再出手。

此时的李仇想速战速决，可两人已经战了不下两个时辰。速战不行，便速决吧。他一道飞镖如流星般疾速射向唐无身后“身柱、至阳、神道”三要穴。

下手倒有些五毒的作风！唐无喃喃道。心中却狂笑不止，因为李仇的背囊里，只有最后一把毒镖，两个时辰前，那里还是鼓囊囊的。

黑暗中两人边走边打，都不知身在何处。高手过招，又何必在乎地点？三山五岳尽在脚下，只要未出登封地界即可。

此前，两人决斗的风声已经传遍黄河两岸，大江南北。明天，会有许多人来收尸，收尸是假，见证暗器之王的诞生是真！

只有一把镖了，李仇不免有些发愁，他深知，这一镖，关乎“五毒”名声与自身性命，一旦失败，死的可不只是自己……

秋风起，落叶飞。

落叶秋风早，双飞西园草。两个人影在秋风和落叶中翻飞着。

虽难分高下，可天下无不散的宴席，何况文无第一，武无第二。

李仇的最后一镖永远也发不出了。唐无在落叶扰乱李仇心神的一刹那，将五柄“糖水”，一柄不差，分五路飘向李仇。

是的，飘向李仇，因为没半点破空之声，让人误以为是漫天飞舞的落叶飘到面前，李仇甚至轻轻用手掸了一下。只一下，李仇面色大变，身体迅速枯萎，如发黄的落叶一般，筋脉毕现，没了水分，缺了颜色。

唐无开始放声大笑，胜利，对刀头舔血的江湖儿女来说，总是值得庆幸的。笑声未毕，唐无发觉有些不对劲，在李仇倒下的位置，一双目光正闪烁着！

你是？

火光起，唐无眼前不是李仇的同伙，而是一个在夜风中摇摆的老和尚，他的黄色袈裟如一片巨大的落叶，借着微弱的火光，唐无看见了袈裟背后的门柱上有三个字——少林寺。

施主，随我走吧！

去哪里？

去你该去的地方！老和尚双手合十，朗声道：天下皆知，少林门前不得大开杀戒，犯事者需回少林诵经十年。

胡说！唐无一掏镖囊，向老和尚击出一支飞镖，这也是最后一支，唐门的保命镖。

唐无名无，实则处处有备。这一次，更是加上了十成功力。

镖至，老和尚不为所动，只是拂袖揩揩汗。

汗落，唐无头也不回进了寺。

他亲眼所见，老僧拂袖之时，保命镖如同一片枯寂的落叶，隐入老和尚的袈裟深处。

那袈裟，才是秋风中劲舞的落叶，不曾有落地之时。可唐无知道，自己的命运尘埃落定了。

……

又过了许多年的光阴，江湖中很少有人知道“暗器之王”这段往事。凉风再起，秋意又浓，少林寺内总会有一个和尚，在秋风乍起的瞬间，拾一片落叶，在手中把玩。

那落叶，像极了一把镖。

回头钩

千山鸟飞绝，万径人踪灭。

石壁上刻着两行大字，看起来甚是豪迈。

鸟飞绝了，石壁并不孤单，有一个人在旁边站着，从他的装束可以看出，他是一个男人。

寒风呼啸而过，刮得他一袭白衣随风舞动，像一面随风招展的大旗。

咳……咳！马车里传来咳嗽声，车外大雪纷飞，天地间一片凄凉萧索之意，车内却是一片温馨，炉火燃起，围坐在炉火边的是一位老者，和他的女儿女婿。

爹，咱们还是别去了，您退出江湖这么多年，为何非要赴这场约！女儿话音刚落，便被老者瞪了一眼，婉儿，休得多言，江湖可以退出，江湖的规矩却在心中。

年轻男子不说话，只是眉头紧蹙，手搭在剑柄上，似有心事。

林儿，收回你的剑，忘了我来之前告诫你们的话了！

事情还得从三个月前说起。那天下午和往常一样，天气很好，老者正在院子里晒太阳，突然从屋后传出疾行声，他二话不说跟了上去，饶是他年近花甲，轻功依然宝刀不老，三两下便追上了那人。

你都这么老了，怎么还没死？

哼，年轻人，你爹没教你要尊老敬老吗？

话不投机半句多，一老一少就在那里打了起来。老人抽出宝剑，剑光闪烁，朝黑衣人刺去，几个回合过后，剑竟然连黑衣人的衣裳都没碰到。

难道我真的老了？

黑衣人本来有许多次机会能杀掉自己的，为什么他始终不出杀招？

老者闭上眼，他已经感觉到杀气弥漫而来，可是黑衣人却走了，等到老者反应过来，他早就消失于无形之中。

你可以骂我，但不要骂我爹！

留下的，只有这一句话：腊月初三，天山亡命峰，带上你的剑，不见不归。

好狂的小子。爹，你不能去，他不过是仗着妖法取胜罢了。天山亡命峰，定然有诈！

李漠华，还记得它吗？老者并没有对女儿说实话，黑衣人不仅约定了地点，还留下了一个信物——金钩！

大雪扑面而来，老者拉开幕帘，车外早已是银装素裹，天山就在脚下，亡命峰自在眼前。

爹，那里有人！隔着帘缝，婉儿手指不远处的山巅，林儿抬头看时，果然见有一个人站在山巅。

马车在雪地里颠簸前行，三个人却在想着各自的心事，真希望这条路永远没有尽头 。

我要是能活下去，亲手抱着我的孙儿，该多好啊！

咳，咳，咳，咳！咳到第四声时，老者已走上山崖，马车停在山下，人也在山下……

李漠华，你还是来了。

叶归人，你有心事！

白衣胜雪，叶归人站在山巅，的确，他有心事！

干完这一票，你就可以归隐了。

当真？

当真。

这是三个月前楼主亲口承诺的，楼主就是杀手楼的主人。叶归人，就是江湖中令人闻风丧胆的第一杀手“风雪”叶归人，三年以前叶归人就萌生出退出江湖的想法，但楼主的一句话却冻结了他的一切想法：再等几年！

杀手楼里，除了楼主，谁都只能是一只蝼蚁！

蝼蚁尚且贪生。

这一等就是三年！

在刀尖上过日子，就算是第一杀手，也会厌烦的。杀手的生活，永远没回头是岸一说。

对，我在想心事。

叶归人，我知道你此番约定不过是为了敝人的项上人头，来吧！李漠华衣袖随风飘舞，风雪交加，落在脸上，眼都不眨一下。

江南大侠李漠华，侠名远扬，不过是武林赠予你的美誉罢了！

我李漠华半只脚虽已跨进黄土，但侠义二字在身，我无愧于天下！

风雪更劲，叶归人站在山崖边，眼里似有泪光。

噌的一声，他拔出兵刃。

天命钩，难道？李漠华闪身躲过，叶归人拔出弯钩，寒风中，弯钩寒芒不减，叶归人白衣如雪。

拔你的剑！余音未了，弯钩已攻至李漠华身前。

李漠华脚尖点地，不还手，由左至右，一味地闪躲。

如雨打浮萍，两人交叉，聚散，风雪盖住了他们的头发。叶归人，杀了我吧，替你爹报仇。

李漠华将宝剑脱手掷出，剑半空中打个弧形，插在“灭”字上。

弯钩就在李漠华胸前。

你竟然还记得？

“当然不会忘，三十年前，我与叶苍山比武，那一剑本不该置人于死地，可是……”李漠华苦笑，“如果我没猜错，你就是叶苍山的儿子。”

别说了，我知道就凭我的武功是杀不死你的，所以当年要加入杀手楼，这些年来，我除了杀人，还是杀人，爹，我就要替你报仇了！

弯钩贴上了李漠华的皮肉，只要轻轻一下，李漠华就会血溅五步。

滴答，滴答，有血渗出！

风在刮，雪在飘，马车在崎岖的山路颠簸着，不过这次是回去的路……

那一刻，他突然看见了弯钩上的四个字：回头是岸！

叶归人终究劈下了这一钩。

不过这一钩，他送给了自己。

复仇是岸，放弃仇恨，同样是岸。

相思戟

相濡以沫，不如相忘于江湖！

我永远记得这句话，也永远记得那个人。

今天，腊月初七，我人生中最重要的一天。金榜题名时对于我这样一个江湖儿女实在太过遥远，洞房花烛夜离我就要近得多了。

但我忽然间就想起了这句话，想起了二十年前的腊月初七，那个鲜红的日子。

时光拉回到飘着雪的寒冬，叶家庄早早布置好席位，正堂中央的红色寿字也格外引人瞩目。叶百川站在门前，俨然一副武林大豪的气派。我在当时不过是个蹒跚学步的小孩。

年龄虽小，江湖这个字眼却早已深入骨髓，谁让我是叶百川的儿子呢？

若放在当今武林，叶百川这三个字亦是足以令人虎躯一震的，是以虽是数九隆冬时节，各路豪杰还是顶着风雪，赶赴叶家庄。

叶大侠，令郎虽说只有三岁，神态举止却非同常人呀！

过奖过奖，犬子三岁生辰承蒙江湖豪杰对叶某的抬爱，今天谁也不准走，不醉不归！

对，不醉不归！

三岁的孩子记到老。

我始终记得，那个飘雪的下午，六大门派，四小帮会的头目无一不在此。他们好像根本就不是来参加寿辰，而是专程来醉生梦死的。

也是从那时起，三岁的我便看清了他们所有人的丑恶嘴脸，开始厌恶这种叫酒的东西。

酒酣胸胆尚开张，不知道有多少人的酒意尚未开张时，一把戟就横着开了进来！

没错，谁都下意识地抹了抹眼睛，但谁都没有看错，开进来就是一把戟，一把七寸五分长的戟。

戟如月牙。

我下意识地看了一眼，“残月”。不知怎的，我看到它时就像看到了十五前的月亮。

十五前的月亮，在文人的笔下，都被冠以“残月”。

相思戟，是……月……牙夫人！人群里发出一声惊呼，几乎是连月牙夫人的影子都没瞅见，所有人就消失了，一瞬间。

只剩下我，我爹，还有老王。

老王是我家最忠厚的管家。

快带着孩子走！爹冲老王吼道。

来不及了，爹的怒吼还没有结束呢，那把叫相思的戟就被一双手给拔了回去。

十指嫩如青葱。

谁也别想走！月牙夫人竟是这般美丽的女子，单是她进门时环顾四周的眼神，便令我终生难忘！

李月儿，我们早就不可能了，你不要再纠缠我了！爹的语气里竟有一丝颤抖。

叶百川，你不该走的，现在跟我回去，还来得及。李月儿的语气出乎意料的平静，我看见她的眸子里，似有一泓清水……

你是邪，我是正，自古正邪不两立，我的心早就死了！爹这番话如斩钉截铁。

你会后悔的！月牙夫人看着我，还没等我反应过来，老王已经倒地。

就在我身旁，血慢慢地从老王的嘴里流出。

相思戟上已现红芒。

李月儿粉面微皱，神色里能看出她内心的怨恨，更重要的是，她已掐住了我的脖子！

她用左手掐着我，右手拿着戟，相思戟！

放了孩子，咱们上一代的恩怨，与他无关！爹的话已近乎乞求。

可以，一命换一命！

行，你先放了孩子。

我被抛在一边，李月儿回首抽戟，戟如月牙，但她再回首时，却被眼前一幕给惊住了！

百川，你！她未料到，戟未出，人已至！

她一回首，就看见戟插在爹的胸前，血，像一朵朵经霜的梅花，慢慢绽开。

窗外凉月满天，我看了一眼，是残月。

我，你，你。李月儿又是一回手，戟刃划破长空，也划破她的左手。

相思戟！血飞溅在我的脸上。

往事不堪回首，渐渐淡出了脑海。现在的我，是快刀门下的大弟子。今天，是我的大喜之日，小师妹终于答应跟我成亲了，据说她修道多年的母亲也会来。

吉时已至，我胯下骑白马，花轿就在我身后，到家了，我挽着小师妹的手走了进去，正堂里挂着大红喜字，喜字下坐着一个慈眉善目的老人。

那是我母亲。小师妹低声道。

新人向父母敬茶！

母亲，喝茶。

我看着她，突然觉得有些面熟，一时间往事飘入我的脑海里，没理由的，天下还没有这么巧的事。我心里虽这样想，还是下意识地看了看她的手心。

我跪着，透过头顶我能清楚地看见茶杯，以及端茶的手……

她的左手心，有一道一寸长的疤痕，除了相思戟，再没有任何兵器能划出这一道伤痕。

李叶，李叶，你醒醒啊！迷茫中，我听见有人在喊李叶。

像是清醒着又像是糊涂，我可以感觉到小师妹和老人就在我身边。

混乱中，我的手伸向衣袖，手指顿时冰凉，我知道，那是刀尖独特的触感。

窗外凉月满天，我看了一眼，是残月。

龙敛手

龙八太爷感受到自己内力一点点丢失的时候，是深秋时节，那时他抬头望了一眼窗外，窗外正飘散着为数不多的落叶。

就像龙八体内为数不多的修为。

江湖人好把内力唤作修为。于龙八太爷这个年岁的武林大豪来说，修为无疑是维系自己生命的源泉。

内力丢失，就差不多意味着他的生命成了无源之水无本之木。

所以说龙家的大管家邵司命对那天的印象是极为深刻的，龙八在一阵长吁短叹之后，放下了手中的权杖。

那根被誉为武林至尊标志的权杖！

一个没有内力的人，是不配成为武林至尊的，这一点，龙八太爷比谁都清楚。

这道理在他还不是龙八太爷的时候，就有人给他灌输过无数次，在无形与有形之中。

小八，做人要留有余地，不论是给自己，或是他人。

此刻龙八太爷的脑袋里想起的，并不是这句话。窗外秋风阵阵，本是八竿子都打不着的一心大师的音容笑貌，渐渐浮上了龙八的心头。

凡事有因就会有果，当你的能力不足以撑起自身的野心之日，便是你退出江湖之时。

和此话相对应的，是昔日一心大师欲说还休的表情，算得上历历在目，毕竟才过了五年。

江湖人一生中又有多少个五年呢？

一心大师的死就是个极为恰当的例子，一心大师用死亡来证实了上述话语的准确性。

红颜弹指老，刹那芳华，龙八年轻时嘴边也总爱嘟囔着类似的话语，好像把老字挂在嘴边自己就不会变老似的。但时至今日，仅剩的一丝功力，令他感受到了岁月的无情。

这些天来，江湖中关于龙八太爷已是废人的消息，传得异常迅疾，照这样发展下去，事态对龙府无疑是不利的。

“铁面龙八”这个金字招牌，当年可是用多少人的鲜血擦亮的。

有多少人栽在龙八手上的呢？邵司命掰起指头算了算，最后得到的结果只有两个字：摇头。

不住地摇头！

此刻，龙八太爷最大的仇家蓝山，正从千里之外的极寒之地，朝中原赶来。

所有人都翘首期盼着这场决斗，江湖人既看重过程，更看重结果。

他还有多少天来？

龙八边说话边刻意把身子转过去。邵司命表示理解，老话摆在那呢，自古美人如名将，不许人间见白头。想到这儿，邵司命抬头看了一眼龙八。

龙八身上已经没有任何一处是值得炫耀的，换句话说，龙八太爷早就和昔年那个力能扛鼎的龙八划清界限了。硬要说是一个人还真有点儿别扭。

他还有五天就能到！邵司命回过神来说道。

五天，对于龙府来说，实在是太短了，就算启动祖上传下的龙门阵，恐怕也是徒劳。龙八太爷陷在虎皮太师椅中，疲惫地闭上了眼睛。他大概在后悔吧，当初为啥没有了结掉蓝山的性命。

蓝山是个恶人，江湖中无人不知，无人不晓，无人不惧。据传他十七岁起开始杀人，十九岁便被杀手楼收纳，二十岁时更是排名杀手榜第二，地位仅次于四大凶徒。

以至于江湖中流传这样一句话：撼山易，撼蓝山难！

杀手界如果有翘楚的话，蓝山当仁不让。

不过他遇上的是龙八，二十年前的那一战以蓝山的落败告终……

龙八的龙抓手最后一式叫着龙敛首，任你再厉害的高手也得敛下首级。眼见蓝山首级就要敛下，龙八鬼使神差敛手把内力收回一半，任凭蓝山一击出手得以逃脱。

蓝山的功力并未完全被废除，他躲在北寒之地苦苦修炼了二十年，就是在等一个机会。嘿嘿，应该就是今天了吧！

龙八从虎皮太师椅里站起身来，对着久违的故人，挤出了一抹极为尴尬的笑。

笑是因为他发现蓝山居然没带兵器！

蓝山一定看出龙八内力消失到不值得对方用兵器的地步。龙八目光沉了下去，一直习惯昂首看天的龙八发现，今天是个好天气，阳光均匀地洒落在庭院的各个角落。

好天气阻止不了蓝山痛下杀招，迅雷不及掩耳间，蓝山的手已经触到了龙八的百会穴，是蓝山那招成名绝技：群山低头！是的，多少武林高手在他的轰雷掌击下低下不可一世的头颅。

可预料中的轰雷之声并没灌进百会穴，龙八倒是感受到了些许温暖。

奇怪！待龙八回过神的时候才看到眼前的这一幕，蓝山跪倒在地，如同一座突然间崩塌的大山，他的头发慢慢地变白，容颜衰老的速度快得吓人。

蓝山你这是？龙八的眼神里充满了诧异。

蓝山的声音还是年轻的，呵呵，允许你龙八敛手，就不能让我蓝山低头？

有你的善念在，山是不会低头的！龙八的手一把托住蓝山的身躯，跪拜下去。

卧龙锥

飞来峰上千寻塔，闻说鸡鸣见日升。

临近山顶，眼前的这块石碑引起了众人的注意。

千百年来，无数文人墨客登临飞来峰，仰望千寻塔，也因此留下了众多脍炙人口的诗篇，可是今日……

清晨，微风，有雾。

老林和尚起来洗漱一番后，急匆匆地走进了万佛厅。万佛厅，顾名思义就是千寻塔的中央地带。

当然，这里并没有一万尊佛！

天魔宫此次大举进犯，我看咱们也抵挡不了什么，不如趁早散伙了吧。

大厅里端坐着十来个和尚，看这语气，他们似乎只等老林和尚一声令下，就作鸟兽散了。

胡说！

师叔，你？你来了！

老林和尚的脚步渐次穿过清晨庙宇的钟声。

有人的地方就有江湖，江湖险恶，这话世人皆知，谁都会怕，我不怪你们。

老林和尚叹了口气，忽然振声道，但我们作为武林正道的最后一丝血脉，是绝对不能屈服于邪恶的！

唉……

众人低下头去，千寻塔内又一次陷入寂静。

死一般的寂静。

说起来还真有些年头了，那时候老林还是被人唤作小林，钢锥般的毛发也还倔强地在头顶根根竖立。

小林，你可知这鸟雀为什么要往山林里飞？

因为小鸟要回家呀。

呵呵。

小林永远记得师父那两声长长的大笑，他也不会忘记师父临死前告诫自己的一番话。

江湖险恶，小林，你本不属于这里。

正月十五，月上柳梢头，人约黄昏后，本来是一年中最快乐的时光，却未曾料到，这是上天留给师父的最后一次黄昏。

一个很普通的黄昏，如果硬要说有什么不同的话，那就是山下喧天的打杀声。

小林知道，这意味着天魔宫的人已经攻到山下了。李轻狂却在独饮一壶酒后，死在了小林面前，准确地说，是死在小林怀里。

我师父已经死了。

死了？很好，小孩，你不介意我拿走这具尸体吧。

我不是小孩！

话未完，老刀把子忽然闻到了一股荷叶的清香。

谁都没有意料到那一锥，或许可以这样说，那一锥完全不应该出自一个小孩子之手。据在场的人事后回忆说，老刀把子是笑着瘫倒下去的，这个杀人不眨眼的魔头至死都无法想象，他被一个小孩出其不意的一锥见血封了喉。没有杀气，伴随着那一击得手的是一股荷叶的清香。

天魔宫意图执掌武林牛耳的计划人尽皆知，那次上南山，屠杀李轻狂一役，老刀把子惨败于一个名为小林的后生。这个故事在三四十年里，几乎传为神话！

神话总有破灭的一天。

神仙也有走下神坛的一天。

天魔宫已在近五年荡平三山五岳，江湖正派中，千寻塔是最后一家，他们早就放出话来，要会会当年的小林以及那把要了老刀把子性命的卧龙锥。

师父？

老林和尚被呼唤声拉出了昔年的记忆，呵呵，一眨眼，自己也是为人师多年了。

传说只有卧龙锥才能打败天魔宫，拯救武林。师父，都到这个份上了，您就别卖关子了。

这世上总有些人相信传说，就像总有女人会相信男人的谎话。

天魔宫已经攻破最后一道山门。

千寻塔内，议论纷纷，有人说应该趁早逃命，有人仍旧犹豫不决。

每个人心里都住着无数只蚂蚁，每个人的心中都变成了一口热锅！

嘭——嘭——嘭！紧闭的山门终于被一根巨大的原木撞开，伴随着哇哇的怪叫，黑压压的天魔宫教众扑上前来。

老林和尚信步迎了上去。

你就是小林？天魔宫主人花错大手一挥，一干魔众退后三步。

没错，老衲还未遁入空门以前，的确被人唤作小林，但那已是很多年前的事了。

话音落，两人眼神交织在一起，花错火热的眼睛仿佛遇上了一汪清水……

其实把你留在最后，只不过想见识见识昔年名扬天下的卧龙锥罢了，不过看你这副老不死的样子，估计多半也是难让我得偿夙愿。

寺院的钟声敲响……

转眼间，无数个鲜活的人全都变成了尸体！

老家伙，再不交出卧龙锥，我就一把火将这里夷为平地。

老林和尚看了看远处的落日，落日偏西，已是黄昏时节。

像是一道光芒吧，伴随着那道闪烁光芒的，是荷叶的清香，花错这才发现，自己错了，自己从一开始就错了！

很多年以前，天魔宫的败仗是因为一个垂髫小儿，今日，天魔宫又一次败在一个耄耋老者的手上。

老林和尚一边默默摇头感念，一边看着飞入山林的鸟雀，晚霞在此刻美得像一道光芒。只可惜，这道光芒再耀眼，花错和一干魔众也看不见了……

虚无枪

天阶夜色凉如水，卧看牵牛织女星！

有夜色，却看不出天阶。我策马，奔驰在荒山古道，抬头望去，天边隐隐约约的，是星光。

不由得多看了两眼，我不是诗人，卧看牵牛织女的诗意生活离我过于遥远，夜间策马的，只能是——江湖人。

江湖上都称呼我为“虚无枪”。因为我的枪，从来没有人见过它的实际模样，见过它实际模样的人，在这个世界上的名字，都成了虚无。

隐隐约约的，居然不是星光，是灯光。我抬头，“寻人客栈”。好奇怪的名字，一定是个不平凡的客栈。进到里面，出于习惯，我上上下下打量了一番，这家客栈布置很简单，十余张桌椅，两个店小二，在门口拨弄算盘的是掌柜，总的来说，没有什么异常。

至少现在还没有。

客官，你要吃点什么？

来两角酒，一盘牛肉！擦擦板凳上的灰尘，我坐了上去。

“我们小店的酒乃是村中自酿的，桃花香，客官您慢用！”话间酒菜已上桌，我疲于奔波，肚中早就饥饿，便放开了去吃……

奇怪的是，酒菜虽然看起来不错，吃进嘴里却一点儿都不香，桃花应该是很浓的香。我竟然没有闻到一丝一毫，倒是那股味道，让我想起了三个月前的……

早春三月，我清楚地记得，那天的天气很好，碧空如洗，一团又一团的，是白云。银钩赵三是我的多年好友，如果不是他的邀请，那天我也不会赴约。

黄山风景的确是令人赞不绝口，刚走上半山腰，便看见了赵三，银钩在背，钩不离身，这是他的规矩。三哥，你约我来此是为何事？

阿芒，你还记得早些时候我跟你说的那件事吗？

早些时候？我眉头微皱，脑海里突然想起，三哥，莫不是你找到了冷月秘籍？

赵三点头，嘴角露出一丝不容察觉的微笑……

冷月秘籍，相传为武林中最为高深的秘籍，涵盖十八般兵器的最大杀招和破解之道，乃是江湖中人梦寐以求的宝藏。

来，先喝酒！

是啊，如此人生一大快事，需浮一大白！

晚风习习，我与他就从上午聊到了晚上。

是夜。

夜已深！

三哥，小弟家中还有老小，容我先行一步。我起身告辞。

阿芒，你就不想问问冷月秘籍的事吗？

我笑了笑，说道：对这些事我一向不感兴趣。

“砰”的一声，我听见酒杯摔碎的声音，同时，我也嗅到了杀气。

酒，还在桌前，回忆却已停止，我实在难以想象，三哥平时那么好的个人，竟会对我下手？

但这是事实。

现在，我又嗅到了这股气息，杀气！

门里走进一个道士，手执拂尘，掸了掸桌子，坐了下来。

“菩提本无树，明镜亦非台！”浑厚的声音传进客栈时，人也同时到了，接踵而至的一个和尚大声喝道，“店家，快拿些酒肉来，快些！”

半晌过去，酒已干，肉已尽，他们却没有走——当然不会走的。

连不曾涉足江湖的两个店小二都能看出，他们是来杀我的，因此躲在柜台后不敢收钱，也不敢出声。

一阵风吹过，吱呀，大门被风掩上。和尚突然站起，衣袖轻轻一带，便飘到了我面前，双掌合十道，施主，把东西给我吧，你留不住的！

留不住的东西？天底下留不住的只有性命。我冷笑。

道士拂尘在手，朝我走过来，一近身就锁住了我的双臂，冷月秘籍里的事我们都知道，快把枪交出来！

那天我从赵三手里侥幸逃出后，才知道虚无枪里，有李自成兵败时的藏宝图。原本我以为这件事除了赵三外没有人会知道，可他为了抓我，竟然把此事公之于天下，从三个月前，我便开始了逃亡之路……

此刻道士已锁死我的手臂，慌乱中我左腿一蹬，桌子连带他飞了出去，拂尘也扯掉了些许。

我八一道士过的桥比你走的路还多，你别费力气了。

再过半时辰，大家都会来！

八一道士是武当长老，那么这和尚定是少林里第一武僧——酒肉和尚，他们一路上都在跟着我。我真想不到，传闻中的方外人士竟是如此嘴脸。

事已至此，也顾不得道义了，杀了他，免得被别派抢去！八一老道用拂尘攻我中路，酒肉和尚使念珠打我小腿，眨眼间我腹背受敌。

是你们逼我的！愤怒之余，我拔枪，枪在晚风中闪烁银光，手握凶器杀心起。

杀心未起，我喉头一甜，有血腥气升起来。

是血。

我中毒了。

“人面不知何处去，桃花依旧笑春风！”只听一个熟悉的声音响起，掌柜摘下面具，赵三露出了本来面目。

是花红柳绿，你别挣扎了，这种毒药无色无味，天下无双！

我慢慢倒下，失去力气，银枪被和尚夺走。噌！和尚突然举枪，朝八一道士刺去，八一道士应声倒下。

哈哈哈，枪是我的，宝藏也是我的！和尚狂笑不止，跟着狂笑变成剧烈抽搐，和尚眨眼间瘫坐在门口。

哼，两个蠢物，不知道“螳螂捕蝉，黄雀在后”吗？赵三的笑在月光下特别可怖！

呃！笑声刚断，赵三也倒地断气，谁下的毒？

没人下毒，赵三一直有心衰的老毛病，不能大喜大悲，是他自己给自己下了杀手。

和尚倒在血泊里，嘴唇动了动，是先前未完的那段偈语：本来无一物，何处染尘埃！

无常棒

冷无艳对左小衫说只有恨没有爱的时候，左小衫正在磨刀。

刀身七尺，正如左小衫七尺男儿的身形。

咱们的事能不能先缓一缓？

左小衫放下冷月刀，指甲在刀尖弹出一声脆响，脸上却写满了肃穆。

任何事都有个轻重缓急，江湖上更是如此，古往今来，被儿女情长困住的英雄，往往气都很短！

你就这么在乎那根谁都没有见过的无常棒？冷无艳侧过脸，目光注视着天边那轮皎洁的明月。

月的阴晴圆缺不止一次告诉她什么叫世事无常。

当然在乎，我要说不在乎你会信吗？

好，咳——咳。

你又不舒服呀，快回屋，小心染了风寒！

拿开你的手！

左小衫收回自己的右手，目送着月光下冷艳无比的冷无艳回屋。

小衫！循着声音望去，一个颀长魁梧的老人正站在不远处。

师父，这么晚有什么事吗？

小衫，无艳是为师唯一的骨肉，你一定要多忍让她一些啊。

唉，我只希望我的苦心，将来无艳能明白……

对了，下月十五中原兵器大会，听说河西三圣、塞外五绝等人都要来。师父，无常棒这可是根硬骨头呢。

老人头低下，沉思片刻，语气一点儿也不迟疑，这根骨头再硬，我们也要拿下！月光如水，左小衫看见师父额头的青筋纵横交错，早已成了楚河汉界。

人间最是恨无常，江南水乡无常棒！

几乎每个混迹江湖的人都听说过这样一句话，冷无艳更是如此，记得初出茅庐时，她还亲眼见过那棒下有多少人被无常鬼夺了魂……

是三年前的事了，冷无艳记得很清楚，那是一个春光明媚的午后，她依着爹的吩咐和左小衫出去见识见识。那时的左小衫，可不像现在，为了一根无常棒肯擅自改变他们之间的婚约，他可是对冷无艳唯命是从的。

山外青山楼外楼，西湖歌舞几时休。到了江南水乡地界，他们俩才算是知道了啥叫人间天堂，可热乎劲还没过呢，他俩便亲眼看见了一群人飞上了天堂！

打斗比想象中要快，厮杀比臆想中要惨烈。等冷无艳二人抽出兵器、飞身下楼时，这一伙人已经消失在无形之中了。

问过店家才知道，这两帮人都是来抢夺无常棒的，还真是应了江湖上的那句老话。

一横一竖，对的站着，错的躺下！那是左小衫第一次听说无常棒。

也就是那天傍晚，左小衫第一次拉起了冷无艳的手，两人漫步在江南水乡的小桥边。是右手，冷无艳清晰地记得！

近两年江湖里每分每秒都充斥着无常棒的传闻，并且这每分每秒里都有人为了争夺无常棒而命丧九泉。于五看不下去了，他下令召集天下英豪，于下月十五会聚中原，商讨无常棒的最终归宿！

于五是当今江南的武林盟主。

你真的要去？

我去意已决！

左小衫，我告诉你，无常棒和我你只能选一个！

你迟早会明白其中缘由的。

七月十三，天阴冷，有风，左小衫扔下这句话，鲜衣怒马地向江南驰去，没有回头。

爹，你说他怎么就变了呢？冷无艳站在风中，又是几声咳嗽。

唉……

于五的号令果真奏效，十五一早，江南烟雨楼就聚满了各路英豪，左小衫在人群里，像一只微不足道的蚂蚁。

天下大同，武林也是一个道理，万事要以和为贵，这根无常棒不过只是一件兵器，你们为何要成日厮杀，你们……

于五话未说完，他已经说不出后面的话了。

你？你！

一旁的智空大师面露微笑，掰下于五手中紧握的无常棒。于盟主，谁都不想走到这一步，可是我已经七十古来稀了，你再不死，我称霸武林只能在极乐世界了。所有人都无法动弹，所有人都犯了一个巨大的错误，不该相信和尚嘴里的话！

哼，半炷香之后你们全都会归西，放心，老衲会回去给你们超度的。

小人！

左小衫拼尽全力，说出来这两个字，与此同时，他的冷月刀也已经悄然出鞘。

月亮是冷的，血是热的！……

鲜衣怒马，的确，鲜血让风尘仆仆归来的左小衫显得充满了朝气。

无艳，你，你，能原谅我了吗？冷无艳哭成了泪人。

快，师父，无常棒在马背上，快去拿了用清水焖煮，好让无艳的病能早些痊愈。

爹，小衫，这是什么意思？

冷无艳不会知道，她在多年以前就患有灰云症，而这种病，它起初的症状就是不停地咳嗽，看似无碍，但只要一结婚，就会发作，咳嗽至死！

无常棒根本就不是江湖中传闻的什么神兵利器，它最神奇的用途就是用清水沸煮后，可以医治百病，于五就是其最大的受益者。

爹，无常棒能医治百病，小衫应该会有救吧。

应该可以吧！老人取过沸水，抬头望了一眼月亮，他的语气有些迟疑。

说实话，他也不知道无常棒传闻中的包治百病，是不是包括解毒这一功能……

这世上所谓的生死都是由命的，不由无常。

秋水鞭

江湖中一直流传着这样一句老话，剑在人在，剑亡人亡。

李方一直认为这不过是危言耸听，当然，这危言再耸听也和自己没有关系，至少是八竿子打不着。

谁料到，竿子还真的打到了自己头上，准确点形容，是飞贼打了李方的脸。

一切还得从半个月前说起，半个月前那个明亮而又恍惚的黄昏。

作为山西武林的头号人物，李方这个名字无人不知、无人不晓。他早年智擒悍匪胡三，仅凭一把秋水鞭便荡平三十六路匪寨，打那之后他和那把秋水鞭便成了江湖上的传奇。

还真的是传奇，二十余年来经他手押运的货物，从未失手，如同那把秋水鞭，也从未示人！

老话说得好，红日落山，英雄迟暮。李方在江湖里摸爬滚打了大半生，历经了世态险恶，虽说是老骥伏枥志在千里，烈士暮年壮心不已，他却已萌生退意。

该颐养天年了。

半月前，李方就让儿子放出消息，李方将亲自押送自己的贴身兵器秋水鞭去太行山埋葬，以最后一次押镖的方式金盆洗手。

埋葬秋水鞭，无异于埋葬一个江湖人的名号。

偏偏，有人不让他功成身退。

出镖前一天晚上，秋水鞭被盗了。

问题可能是出在消息出处上，江湖嘛，人多嘴杂，一传十，十传百，那些个惯犯听到了押送秋水鞭，不免心动。

来了个先下手为强。

相比劫秋水鞭，盗的风险可是降低了不少。

这是成心让李方在武林同道面前丢脸。

在武林中，兵器就是一个江湖豪客的半条性命。那句剑亡人亡的老话，此刻回荡在李方的脑海。他相信，一定会有很多人在议论这句话，秋水鞭丢了，李方活着也是行尸走肉一具。

身为李方独子的李戟却丢不下这张脸，看着在大厅里长吁短叹的李方，年少轻狂的他放出狠话，与其在家里坐以待毙，不如主动出击，一旦查出谁染指秋水鞭，定叫他死无葬身之地。

儿子这番狠话，让李方手中的茶碗颤抖了一下。

沉吟片刻，李方将一张白纸交到了儿子的手上，白纸上有黑字，涉嫌盗秋水鞭的人都在上面。

不出李方所料，李戟一下山，就听到了各种各样的议论，无外乎是父亲，和父亲的那把秋水鞭。

每次听到秋水鞭时，李戟心中都会愤愤不平，他完全搞不懂父亲到底是怎么想的。是，他到岁数了，该退出江湖了，可为什么要把秋水鞭给埋葬了呢？

秋水鞭在江湖兵器谱中排名第五，和相思戟不相上下。李戟一直认为父亲是要把这宝贝传给自己的。

自古好马配好鞍。

在抱怨与愤怒中，他拜访了名单上的每一个人，甚至连消失多年的魔头残血，都没有落下。一次次明里试探、暗中交锋，愈挫愈勇的李戟能耐见识逐步增长，秋水鞭却真的望穿秋水，不见影踪。

最后一站是江南，武林盟主朱武家。李方交代过，朱武最大的特点就是喜好收藏兵器，他曾向自己表示过想借秋水鞭一观的想法。看来朱武有很大的嫌疑，李戟要在朱武那里一探究竟。

江南水乡的风景天下驰名，李戟没有赏花弄月的心思，一人一马，他总算是在日落前来到了朱府。

朱武的反应倒是令他措手不及。

作为武林盟主，朱武居然还不知道秋水鞭被盗之事，任李戟明敲暗打，朱武都不曾现出半点破绽，李戟只能无功而返。

以理服人！是出门前一言不合就拔剑相向到踏上归途时心平气和的李戟这半个月间唯一的收获。

同样是个明亮而又恍惚的黄昏，同样像被人打了脸似的，李戟满身疲惫回了家。

爹，请原谅孩儿不孝。

李戟对着李方重重地磕下一个头，起身时，却看见父亲的脸上，挂满了笑意。

难不成爹疯了？

戟儿，你这次出门，虽然没替我寻回秋水鞭，但是你为人处世，以及你的江湖阅历上，都有了不小的提高。

阅历再高，能高过秋水鞭在身那种如虎添翼的威风？

你真的认为秋水鞭丢了吗？

孩儿不懂，望父亲明示。

哈哈，李方边笑着，边对着里屋拍手。柔和的月光照进大厅里，那些名单上的人依次排队走进了大厅，最后一位进来的是神定气闲的朱武。李戟，你爹为了能让你适应江湖的规则，学会韬光养晦，特邀我们友情出演了这部戏，你这本色出演，表现不错。

友情出演？李戟有若木鸡呆而不解，望着一干江湖前辈。

众人在圆桌前坐下，对酒当歌，席间朱武起了兴，笑道，李总镖头，我们帮你零报酬出演了这么好的一出戏，你该把秋水鞭亮出来让我们一饱眼福吧！

却之不恭，李方走到里屋，拿出了一个精致的紫檀木盒，不用多说，闻名天下的秋水鞭此刻就安详地躺在这盒子里。

在大伙的注视下，李方打开盒子，谁都没有料到，盒子里空空如也。

秋水鞭真的被盗了？

不得而知。

有一点可以肯定，李方盯着空无一物的盒子，眼眶里有秋水涌动……

飞雁锏

锏之所以被称为锏，是因为其外形有四棱，当然，造型简单也是原因之一。为师希望你能记住，拿起这件兵器，做一个简单的人。

何谓简单？

活成一个最为普通的人，避开名利的纠葛。

……

不为了名利又为了什么而活呢？深夜，我躺在床上反复琢磨着师父的这句话，窗外，是漫天的星光。

星光耀眼，闪闪发光的却总是北边那几颗，如同师父的这句话，在我耳边生根已有了十七个年头，十七年来从未更换。

而这十七年来，师父除了为人处世外，什么都没有教授于我。

这是后话。

和所有的江湖门派一样，飞雁门是古老的，据说由昔年的秦叔宝长子所创下。不过秦叔宝的双锏早就在乱世中遗失了，现在为飞雁门下弟子所使用。

那是将双锏合二为一的单锏！

简化兵器的用意，是为了让招式变得更加简单。

当然，这只是师父口中的话，信服度不算高。我加入飞雁门时，当初的招式还是复杂的。

这就要提到消失很久的胡子师叔了。

师父一直说胡子师叔是不存在的，他已经死了，但是我知道那都是气话。

在我眼里，消失并不代表着死亡！

胡子师叔在飞雁门里是没有名字的，他就像一个不请自来的顽童，整天在门派里闲逛。

嘿，这老头儿一定没什么本事。

我看也是。

很多师兄弟曾激将他出手，可他却始终一锏不发，背负双手，好像在等待什么。

值得一提的是，胡子师叔的锏是双锏。也许他只不过是因循守旧而已。他和我们最大的不同之处在于，他的锏是用麻布裹着背在背上的。有好几次晚风轻拂的时候，我偷偷看见了他的双锏。

锈迹斑斑的双锏！

像爱惜自己的性命一样爱惜自己的兵器，每一个江湖中人都应该知道和遵循着这句不成文的规矩。

锏在人在，看着胡子师叔锈迹斑斑的双锏，我突然就想到了这句话。

像是看穿了我的心思，胡子师叔走过来，拍拍我的肩，问道，小子，你加入飞雁门是为了什么？

为了学得一身本领，独步天下！

呵呵。年轻人，你这样子还真是要跟着你师父磨个十年八年的。

……

怀揣着一肚子气的我跑到山下酒馆里，喝了人生中第一杯酒。酒入愁肠，并没有化作泪水，反而有几分冲劲在脑海晃悠，后来的事就记不太清楚了。

而那一次的对话，竟也成了和胡子师叔的最后一次会面，那之后他就消失了，仿佛他从来都没有出现过一样。

我曾不止一次地问过师父，那天晚上到底发生了什么，为什么回来后每个人的脸色都是那么难看，师父总是用各种方式搪塞过去。

不说我也知道，飞雁门应该是遭遇了魔教的洗劫！

而胡子师叔，一定是在这一役中身负重伤而死，也有可能是为了躲避魔教的再次报复而隐居。

为了给胡子师叔报仇，我也收起了下山闯荡的心，师父也终于开始逼我认真学习本门招法。这时的我才真正发现，把单锏学好，并不是一件简单的事。

横砸劈砍，年复一年，我功力渐进一分，魔教势力壮大一分，在我功力已臻化境的时候，魔教再度不请自来。

那天的战况异常激烈，攻破了武当、血洗了少林的魔教根本就没把我们飞雁门放在眼里。混战中我看了一眼师父，刀光剑影中，哪里看得清他的身体呢。

但是鼠辈的偷袭还是看得清的！

我飞身过去就是一锏，无奈双拳难敌四手，更别说是单锏呢。

接住啦！没等我回过神，师父的单锏飞雁一般落在我手上，容不得我多想，被师父血迹焐热了的兵器迅速跟我融为一体。

师父还真的是一个简单的人，没有兵器的他在魔教群狼中无异于一只待宰的羊。眼见师父的血染红了魔教的兵刃，我的眼里开始充血，只有血，才能激发人最原始的血性。手握利器杀心起，师父的话再次在耳边响起，为师希望你能记住，拿起这件兵器，做一个简单的人。

在魔教的围攻下，一个简单的人除了做一件简单的事别无其他选择，那就是，以杀止杀。

我的单锏，师父的单锏，合二为一，四棱八角翻飞之下，魔教群狼发出鬼哭狼嚎。不是每只羊都待宰的，佛祖都还有狮子吼的。

事后，同门师兄弟说，我当时杀红了眼的模样，就是一只怒吼的雄狮。飞雁门在那一役后名声再次大噪于江湖。

名声大噪又如何，两败俱伤的结局终究未能避免。

阳光，洒落在山脚下，一个人影蹒跚着走向前来。

不是魔教的人！是胡子师叔。

唉……他对着天空似乎叹了口气，回过头的片刻，把目光转向我，问道，你现在应该知道为什么要化双锏为单锏了吧。当年就是我过于自负，以为双锏可以独步天下，以致飞雁门遭到了灭顶之灾。师兄说得的确对，拿起兵器，做一个简单的人……

一个简单的人！

恍惚中我仿佛看见师父，变成了一只飞雁，正朝着初升的朝阳飞去。他老人家，一点儿也不简单啊……

空月刃

姜玲玲收到那封放妻书的时候，刚好才初春，她很清楚地记得那天的情景。

记忆中那天的草长莺飞和自己的怒火焚心是如此的格格不入。

和姜玲玲相反，姜禹城在看见信后，并没有表现出过多的愤慨，甚至于连些许懊恼都没挂在脸上。

不是爹一贯的作风呀！

盛怒之下姜玲玲一把扯过那封放妻书，用纯阳内功将其烧了个粉碎，末了，残存的灰烬在中堂里翻飞。

透出股灰飞烟灭的意味。

这可是赤裸裸的打脸呢。对于姜禹城来说，虽然姜禹城在凤凰山一战后，不再过问江湖事，但昔年“人中吕布”的名号，在江湖这台面之上，仍旧是有头有脸有人买账的。

武林盟主这四个字，岂是浪得虚名?!

狄青这小子擅毁婚约，纯粹找死的节奏。

一时间，全天下的人都在努力搜索和狄青有关的消息，更多人是冲着姜禹城的天下烽火令来的。

活捉狄青者，即是下一任武林盟主。

狄青正在磨刃。

磨的是那柄皎洁得有些泛白的刃。

刃如空月，也如月空，空得如同狄青此刻胸膛里，空空如也的心。这是狄家独门兵器。

狄青把磨好的刃对着月光比画了一下，月光暗淡下去，刃锋闪烁着让人心寒的光芒。

狄青的眼中却没有一丝寒意，只有怒火在燃烧。

燃烧的火光中，狄青又回到了那个不堪回首的童年……

娘，为什么我们的刃上刻有忍字呀。

别多问，你只要专心练刃就行了。

这样的话题年复一年，狄青十五岁的时候总算是有了个答复，我们要忍，忍到你知道刃和一般杀器的区别为止。

刃和一般杀器的区别？对于年幼的狄青来说，这答复跟无字天书没有区别。

狄青也只是闲暇时才会思索这个问题。

更多的时日里他还是在拔刃，年复一年，日复一日地拔，拔到连刃柄上的锈渍都给汗磨掉了。

拔到母亲都去世了，那个忍字只看得见下面的心了。

心若在，母亲的遗言就不会忘。

应母亲遗言，他专门等到次年正月十五才下山。那天的江湖事在后世的谈论中两极化极为严重，有人说是最好的一天，有人说是最坏的一天。

了然禅师说，那天是一切纷乱的开始！

几乎是前脚姜禹城召集群雄宣布封刀归隐，后脚天魔宫李潇狂便率众杀上了凤凰山。

江湖人嘛，一诺千金。姜禹城眼睁睁地看着李潇狂毫无江湖道义出招，他却不能还手。

出人意料的是，李潇狂的手断了，被一柄皎洁得有些泛白的刃给硬生生斩断的。那刃，原本可以直接插进李潇狂心窝的。

后面的事大家便都知晓了，初出茅庐的狄青因为救了姜禹城，而被姜禹城纳为乘龙快婿。

婚期定在三月，草长莺飞的时节。

……

狄青收刃入鞘，从回忆里跳脱出来。此时江湖的动荡着实把狄青给惊诧到了。

武当与峨眉为了争夺狄青的线报，开始了没日没夜的厮斗，崆峒、少林等各大门派，也都暗中较着劲。

连了然禅师都没能了然人世间。

应了他那句话，那天是一切纷乱的开始，平静的秩序彻底被打乱。

够了吗？

身着红衣的狄青纵身跃下白马，质问着眼前的人。

很显然，不够，狄青从他嘴角那一撇微笑中读出来他暗藏的野心。

快婿呀，你看看如今的江湖，四分五裂，等他们为了寻你而苦苦厮杀完毕的时候，就是咱们放手一搏、独霸天下的时刻啦。

姜禹城的面孔此刻在狄青眼里是那么的狰狞！

我如果不与你放手一搏呢？

狄青反问，与此同时，他的右手伸进了衣袖，不过姜禹城已不允许他有这些微妙的动作了。

漆黑的刀，狞笑着斩断了狄青的手臂。

从小苦苦练习右手拔刃的狄青，此刻无疑，是个实打实的废人了。

哈哈，等到明天，江湖中的厮杀结束，那便是我真正独霸天下的日子了。你知道吗，臭小子，当初李潇狂和我暗中商量好了，就是你，坏了我的大事……

月光给姜禹城的面庞平添了几分可怖。

可怖的言语却在最高音处戛然而止。姜禹城俯首，从自己胸口冒出的，是那柄皎洁得有些泛白的刃，那个消失一半的刃字在月光下显现出来。

刃如空月，也如月空！

爹，我真的没想到你是如此阴险狡诈之人。请原谅女儿不能不遵从自己的内心，因为我永远忘不了你告诫我的那句话。

刃为啥不在十八般兵器之列，因为它比刀多了一点，那一点，叫良心。孩子，你嫁狄青，爹最放心。

月光下，狄青笑了，他清楚地记得，母亲临终之时，说的也是同样的话。

他觉得今晚的姜玲玲，和那最后一刀，像极了这草长莺飞三月天里最后的一抹温柔。

落日斧

大漠孤烟直，长河落日圆！

天空中飘起灰蒙蒙的雨丝，没有孤烟，没有落日，却有长河，确切说是长河帮。不远处就是长江，每年的七、八月份都会涨水，也就是俗称的汛期。一大早，大师兄李行就带着长河派帮众聚集在此。

七月初八，注定是个不寻常的日子。

今天是师父的冥寿，一年前，师父就是在这里被薛鬼暗算的！李行不疾不徐地说着，目光指向右侧的树林。

哼，咱们长河帮可不是吃素的，若不是薛鬼那小子暗算在先，师父他老人家又怎会中计。只要薛鬼敢来，今天必要他成血鬼。

住嘴，师父临终前告诫咱们的话，难道大家都忘了吗？李行怒吼。

师父临终前只说过一句话：冤冤相报何时了！这句话的意思连三岁小孩都晓得，可师父被人杀害，此仇不报，长河帮有何面目在江湖立足。

李行紧握双手，任雨滴落在脸上，也不擦拭，缓缓道，师父虽然去了，但遗训还在。所以，今天我们只管送好师父最后一程，谁来捣乱，都不要发生冲突。

四下立时变得沉默而肃静，没有任何人回嘴。江湖中有条不成文的规矩，师兄如父，师父不在了，大师兄就可以代表其执行帮中事务。

清晨，江面惊涛拍岸，正如长河帮众每个人的心情。

说不怕是假的，薛鬼，江湖上人称“不人不鬼”。他的武器是一把琵琶，传说只要听到了他的催命十三弦，就必死无疑。

近十年来，关于薛鬼的传闻不仅没有减少，反而越传越多。他最近一次露面是在半年前的泰山法会上，孤身一人与三大颠手一战，竟然全身而退，老颠和尚也因中了他一击而丧命，没死的颠道士、颠乞丐也仅剩一口气苟延残喘着。

风声呼呼，突然，从岸边密林深处传来急促的脚步声，不要轻举妄动！李行低喝。

话音刚落，一个衣衫褴褛的中年汉子从树林里穿行而出。

好身法，武当梯云纵，敢问阁下有何贵干？

小子，看你们的装束，是两广长河帮的吧？

不错，长河帮李行！

哈哈哈！中年汉子大笑三声，说道，真是踏破铁鞋无觅处，得来全不费工夫啊，叫李显出来。

李显就是长河帮前任帮主，李行心里琢磨着，师父的死整个中原武林都晓得，他专程来找，一定没有好事。

师父已经去世，你有什么事只管找我，我是长河帮的大师兄。

话音刚落，中年汉子的脸色就变了，他一把抓住李行的袖口，自言自语地说，没理由的，李显的身体那么好，才一年的时间，他绝不会死。

怎么没理由，李显那老小子，去年就死了！

一个陌生而又尖刻的声音传来，大伙儿目光一齐转向密林，只见从树上飘下一个人鬼难分的身影，他的背上反背着一只特大号的琵琶。

阁下又该如何称呼？

好说好说，江湖上人称“不人不鬼”的就是我！一个阴恻恻的声音响起。

薛鬼，你还敢来！

当然要来，我要亲眼来送我手下败将最后一程呀，还记得去年的今天，我就对李显说过，明年的今天就是他的忌日，他当时还不信呢。

李显当真死了？

不错，死在我的手下！

死在你手下？瞬息间，中年汉子突然以一种谁都没见过的身法接近薛鬼，待大家反应过来时，他的手已经扣住了薛鬼的命门。

杀气在无形之中，惊走了树林中的百余只飞鸟……

小子，你根本就不是李显的对手！中年汉子在飞鸟鸣叫中把手收回，原来他是在试薛鬼的功夫！

你师父是什么时候去世的？

七月初八。

难怪，难怪！大哥，是我害了你呀！中年汉子的眼神中似有几分忧伤。

前辈，此话怎讲？

去年的七月初七，我被黑道众人围攻，身负重伤，是李显冒死把我救出，又以他独门真气为我疗伤，我才得以恢复健康。

难怪李显与我交手时斧子在最后一击时却差了一丝力道，原来……薛鬼狂吼道，我自以为打遍天下无敌手，可谁想到，我是个胜之不武的小人！他突然从袖口里掏出一把金光灿灿的物什，反手重重朝自己的头上劈下……

落日斧，师父的独门兵刃，原来在他手上！长河帮众顿时群情激昂，没一人出手相阻，让薛鬼一命偿一命吧。

偏偏，又是一阵风掠过，那个中年汉子举手投足间，一颗石子激射而出。“砰”一声脆响，薛鬼瞪大了双眼，落日斧居然被石子击落，斜插在树头上。

我大哥说过，冤冤相报何时了，你走吧！

薛鬼惨然一笑，解开背上的琵琶，面向江水长跪，一曲哀怨的琵琶声伴随江水，流淌远方。

落日映照在江面上，那以后每年的汛期，长江上总会飘来哀伤的琵琶声……

秋水棍

江湖里的事，无非是两个字：得失！

这是我娘一直都挂在嘴边的话，话还在，娘却早就不在了。她临死前还拉着我的手，千叮咛万嘱咐，把这两个字对我说了几遍。那是我最后一次听娘关于得失的叮嘱。

我听得格外认真。

窗外阴云密布，冷风呼呼地灌进楼里。我抬头看了一眼天空，低声道：山雨欲来风满楼！

话音刚落，从楼下便蹿出一片黑云，山雨不是欲来，是真的来了。

“不多不少，三十七个，你们来得倒也及时！”

黑压压的不是云，而是人，他们站在窗前，恰好挡住了窗沿。我被这黑暗一下子打起了精神。

黑云压城呢！

我打了个哆嗦，眼前三十七道黑影密密麻麻地遮住视线，只听为首一人说：“赵舵主，山雨欲来已全部就绪，是否执行任务？”

起身，伸懒腰，一连串的动作过后，我从桌上抽出秋水棍，大喊一声：“立即执行！”

满楼的风声鹤唳，我又看了一眼天——从昨夜就开始布满阴霾的天。

三十八骑快马，浩浩荡荡朝乌云笼罩着的夜幕中冲去……

石家庄。

马还算快，赶到石家庄，已是正午时分。石家庄庄门大开，屋檐下挂着两个大红灯笼，灯笼上映照出大大的喜字。

“嵩山派掌门李长生来贺，请主人家出来迎客！”门口应声而出一个人，便是石振天，石家庄庄主。

他就是我今天的任务。

半个时辰以后，门庭冷落许多，该来的人差不多都来了，我们三十八个一同走了进去。

“敢问阁下是哪门哪派？”

胖管家话未说完，就被一阵风给刮跑了，不是普通的风。

掌风！

只听屋内传来惊呼。哼，我冷笑，不多时，眼前这群人便全被风给吹走了。当然，也可以换一种说法：他们被吹上了天！

六大门派的掌门并作一排，将我团团围住，但在我抖出兵器后，这个包围圈就自然消失了。

“秋水棍，他是杀手楼赵开！”

消失是必然的，试问当今武林，谁敢招惹杀手楼？

我是从无数条尸体上走到石振天面前的。

“让开，这件事跟你无关！”

“小原是我的女婿，他的事就是我的事。”石振天果然像江湖里说的那样，豪气干云，满腔热血。

小原不仅是他的女婿，也是江湖上赫赫有名的人物。疾风剑李原，楼主有意要招揽他，他却对杀手楼的请柬置之不理。哼，要知道江湖上敢这样不识抬举的人从前没有，以后也不会有。

所以我奉楼主之命，来要他的命。

“庄主是非要蹚这浑水了？”

“义不容辞！”

我看一眼天空，乌蒙蒙的，快下雨了，秋水棍已在手中，石振天拔剑，冲了过来。

他的剑法攻守兼备，只可惜少了一丝老辣，我闪躲避过，三枚暗藏已久的满天星飞射而出！

“小人。”

石振天惨呼，但他右臂已中了一颗满天星，流出的血也变成了黑色。

“快找李原！”我对着身后的山雨欲来喝道。

李原没找到，不过找到了他的妻子——石振天的女儿，一个仍然顶着红盖头的女子。

这么大的响动，她难道充耳不闻？

我揭开她的盖头：“姑娘。”她的眼中没有一丝神气，也不回应我的话。

石家庄在江湖上如此显赫，却从没有传出过有关大小姐的消息，闹了半天，原来是个聋哑姑娘。

杀手过境，片甲不留，这是杀手楼的规矩，山雨欲来开始屠杀……

我无意中望了一眼天空，阴云未散，月光却透过云层，映在我们的脸上，看着女子，仿佛看见了儿时的母亲。

母亲死时，也是今晚这样的阴云，这样的月光。

江湖里的事，无非两个字：得失！

想到这句话，我鼻子有些发酸。

回过神来，月光映在女子脸上，她却突然间有了神气，当我觉得有些不对劲时，一把剑已斜插入我的胸口……

“得到了太多不该得到的，你就只能用生命偿还了！”恍惚中，我像是听见了娘的叮咛，跟我最后一次听到娘的叮嘱，大不相同。

鸳鸯拐

是夜，夜已深了，金黄色的月光下，透露出阵阵朦胧之意，月光准确无误地飘进了多情崔柳的脑海里。

在江湖人嘴里，崔柳是多情的。

一壶酒，一枝花，一间不大不小的茅屋，这是每年八月十六多情崔柳的标配。江湖中一直盛传，他在等一个人。

等谁？谁又值得一个多情的人苦等。

无人知晓。

细心的人到底发现了其中的端倪，他们说崔柳像是在等一个多年前名满天下的女子。

名满天下，自然是万里挑一的美女。

于是传闻更盛。

崔柳隐居于山野中，对外界采取了隔绝的态度，连他的众多仇人都不知其踪。

作为仇人之一的黄小英愤怒了！愤怒至极。

黄小英被人称为河西一霸，一只镔铁拐在他手上给舞得虎虎生风，霸这个字很形象地展现出了他杀人不见血的个性。

十年前他却曾败在崔柳手下。

同样是铁拐，为什么我就是敌不过崔柳呢？怀揣着满腔愤恨和对于传闻中女子的好奇，黄小英踏上了寻找崔柳的路途。

月上柳梢头的时候，黄小英终于登上了黄山，途中的险恶无须多言，黄小英只知道自己此刻内心是激动的，这激动里面甚至掺杂着一点澎湃。

黄小英下意识地摸了摸袖子里的铁拐。

拐在人在，江湖的老话了……

手握铁拐，他来到黄山西顶绝柱峰旁。这里确实是有一座小小的茅屋，屋子里的铺陈摆设也极其简洁，不过从积的灰尘来看，空房已经多时了。

黄小英的愤怒也落了空，心头积满失落地朝山下走去，忍不住仰天长叹的他望了一眼天边的月亮，才突然想起，今天是八月十五。

一年仅此一次的中秋节！

月亮并不圆，还好只是八月十五，如果骑上那匹千里马的话，应该赶得上和家人相聚。

黄小英是个杀人不见血的魔头不假，可这丝毫不妨碍他是一个顾家的男人。

三岁的儿子此刻一定在家中的天井坐着吧，他躺在柳叶的怀里，是不是像往日那样安静呢？

柳叶，柳叶！

一想起柳叶，黄小英就心痛，是那种撕心裂肺的痛，比输给崔柳一万次都还要痛。

呵，如果你发现自己的妻子与另一个男人暗中有所往来，是个男人都会心痛的，黄小英的嗜血情结也就是从那时开始的。

他先是杀尽河西走廊汪布曲一家二十四口，复又以一支铁拐血洗了凤凰城。

恰巧是在那个时候，崔柳横空出世了，同样是以一支铁拐，这情形很多年以前古人就给出了答案，隔岸对峙呢。

后面的事情就显得顺理成章了。

黄小英看着月光洒在前行的路上，脑海里回忆着过去的画面，天涯共此时，死敌崔柳此刻是不是也抬起头，望着这轮并不算太圆的圆月呢？

和崔柳的绯闻一样，不得而知！

答案来得很快，在他回到家，推开紧闭的大院木门时，这一切都有了答案。

妻子柳叶正平静地躺在一个中年男人的怀里，而这个中年男人的手边，就摆放着一支铁拐。

是夜，夜已深了。

月光倾洒于昔日温情满满的庭院里，此刻，温情已经被肃杀和荒凉代替。

简单的解释之后黄小英才知道，原来柳叶和崔柳是同门师兄妹，而自己的铁拐更是柳叶和崔柳的鸳鸯拐。呵，活了这么多年，才突然发现自己才是那个闯入者。

这滋味可不仅仅局限于心痛了。

江湖讲个义字，柳师妹已是他人家室，这事我办得不厚道，动手吧！

崔柳的回答倒出人意料，他未出手，便扔下了自己的兵器……

与此同时，黄小英从袖口里抽出了铁拐，他看了一眼这冰冷的铁拐，和地上的那支，一模一样——

武林中常见的鸳鸯拐。

冰冷的鸳鸯拐已被黄小英的愤怒焐热！

父亲，父亲，你回来啦。三岁的儿子突然从屋里跑了出来，儿子的声音在此刻是那么的不合时宜。

他又看了一眼月亮，和月光下噤若寒蝉的两个人。

八月十六的月光的确比十五更大，更圆，不过黄小英的心，却是彻底破碎了，再也无法重圆。

天怜箭

樱花凋谢的时候，笙歌也相伴随着停止了，笙歌是慈航静斋的笙歌，离清明不远了吧。周晓静站在树下，望着远处的青山，念叨着，像是自问，又像是自答。

周晓静蛰伏家中有些时日了。

凡是在江湖中走过一遭的人都晓得，周晓静和慈航静斋四个字有密切的联系。斋主慈夫人膝下无子，晓静乃是独女，恰恰是这个独女，给慈夫人惹了不少烦恼。

慈夫人不慈。

这一点，和她打过交道的人都心知肚明。无毒不丈夫这话没错，可一个娘们咋就比丈夫还毒呢。

可怕到连可怕俩字都不足以形容她了。

是二月，窗外的树木长出了绿芽，大地回暖，一派葱茏盎然，周晓静牵着他的手，强忍着心中的澎湃，和那点小欣喜，将他带入了慈航静斋。

娘，他就是我常跟你提起的唐钰。

哦……一句哦声过后，大厅上陷入死一般的沉寂，下人们是亲眼看着慈夫人的微笑变形的，像剪好了贴在脸上。那微笑，不能再假了，违心呢。

更让人伤心！

你这傻丫头，慈夫人说着，拿手使劲戳了下晓静后脑勺，咱们慈航静斋好歹也是武林四大望族。你就会给我在外面瞎厮混，还带回如此穷酸的臭小子。

娘……

无须赘述！慈夫人除了名字里的慈字，全身上下霎时再无丝毫慈悲。

晓静把目光转向院子，二月的最后一场雪，就这么来了。

来得悄无声息，如同唐钰的离去。

唐钰在练箭，他对着四月清冷的月光，一遍遍将箭射出去，再捡回来。打那之后，他苦练武功，说到头还不是因为一个情字。为了情，有些潜能是可以突然间爆发的。

比如功力。

三年了，唐钰的功力一直在以光速前进，天涯有多远他并不知道，可他知道他这一箭射出去，是可以在百步内穿杨的。

唐钰此刻一点都不想穿杨。

他想穿人！

一箭穿透凌波府大少爷洪天的心。

从提亲到娶亲，不过两个月时间。洪天即将迎娶慈航静斋少庄主周晓静的消息，从街头传到巷尾，再从江南传到塞北，可谓近年来武林最轰动的事件之一。

轰动到连在蜀中腹地苦练箭术的唐钰都知道了。

更有甚者传言，这场婚事之所以如此操之过急，乃是因为周晓静早就怀上了洪天的孩子！

哒哒哒……周晓静在马上，枣红骏马比想象中要快一些，马蹄声起起落落，骑于马上的她强行以内力调理因颠簸带来的不适。

快了，就快到了……

花谢花飞花满天，红消香断有谁怜。听香小筑内的周晓静心思本是平静的，直到一片落花跌到纸上，她才看见了这行前人写的诗句，以及不知何时一同跌下的泪滴。

回忆，就在那一刻来临，在下定决心去见他后戛然而止。

洪天怒了，他玩过那么多女人，自忖还没有女人敢玩弄他于股掌间的。堂堂武林四公子之首的女人居然在新婚前夕跑了，这是滑天下之大稽啊！

面对这场欲来的山雨，江湖已是被搅动得风声满楼。

慈夫人却没有外人猜测的那么焦躁，知女莫若母，她也没有被未来女婿的兴师问罪给恼怒，男人嘛，好点面子很正常。

打慈航静斋出来后，洪天鲜衣怒马，怒气冲冲地直接朝着慈夫人给的位置——蜀中，奔去。

唐钰？

你咋来了，我，我，还准备去找你呢。回头见到晓静的那一刻，唐钰惊住了，身上的怒气在一瞬之间也似乎消散了，取而代之的是这个年纪本不该有的少年绯红。

你在练箭？

是呀，唐钰把箭拿在手中比画着，转又呵呵笑道，这箭练了三年，还没有个名字呢。

像是在找话，又像是弦外之音的无声告白，要知道在江湖人心中，兵器和情意是拥有同等地位的。

你这小子还练箭？

正说话间，洪天也来了。马挺快呀，周晓静回头，对着自己名义上的夫君说道。

那是，不过我的刀更快！洪天一副倨傲的神情，出手，间不容发。

抽刀，断水，水不流！周晓静算是亲眼见识到了传说中的洪门快刀。我跟你回去，你别动手了！

不行，江湖上都传开了，你和他有一腿，我今天非要手刃了他，方解我心头之恨。洪天的语气异常决绝。

刀落，刀起，根本不给唐钰放箭的机会。洪天心里恨着呢，他边出刀，边用余光瞥了一眼周晓静。周晓静正捂着肚子，紧蹙眉头。孩子到底是谁的？

犹豫的片刻，唐钰的箭已搭上了弦。

箭已离弦！

血却不是他的血，确切地说，箭很准确地射向了洪天心脏的方向，周晓静却突然挡上去了。

血，是母子二人的血！

亦是洪天的血。

就叫天怜箭吧。在生命之花凋谢前，周晓静用尽全力说出了这六个字。天可怜见，她只是想赶在自己的大婚前夕去和曾经的爱情说声对不起。

而此刻，樱花悄然谢幕，周晓静宛若新生般躺在洪天怀里，该说对不起的又究竟是谁呢？

端的是天可怜见的一幕。

无情弓

云空的功夫和声望在武林里一直是成正比的，可按他的年龄来算，这绝对是个负比。

左小青并不这么认为。

年轻怎么了？年轻就是本钱，别看云空现在才刚刚踏入弱冠之年，他的抱负大着呢！

小青，你和云空的事我并不反对，不过你真的想好了，要成为一个江湖儿女吗？

爹，我一直都是江湖儿女呀。

的确，左老爷子当年挥舞着一把纯阳宝剑匡扶武林正义时，小一辈的都还没有出生，那时的武林人士嘴巴和耳朵里，左轻侯三个字可以称得上掷地有声。

黄金白璧买歌笑，一醉累月轻王侯！这曾令多少江湖女儿为之倾倒。

此时面对爱女，左老爷子只能轻轻叹一口气，确切地说，是深深地叹了一口气。他知道，女儿倔强的性子谁也说服不了，女儿步自己的后尘更是意料之中的事。

谁叫她身是女儿身，心是壮志心呢！

临行时，左老爷子没什么好说的，只默默地从荷包里掏出随身携带多年的玉佩，见此物如见轻侯。

江湖人谁能不给玉佩几分薄面，谁又敢不给玉佩几分薄面。

小青知道，父亲在为自己铺路呢，要知道，这块玉佩差不多就是一块护身符。

除了天魔宫！

烟花三月，为了与云空会合，小青策马下了扬州，看着沿途的花明柳暗，小青想起了他们的第一次相遇。

……

一年之前，左老爷子七十大寿，宴上左轻侯答应女儿可以许一个泼天大愿。小青当着众人的面，愿望一点也没泼天，破了左家未出闺阁女子的规矩——单人匹马出去游玩。

这可让他没有想到，不过说出去的话就是泼出去的水，碍于面子，老爷子给了女儿一个月的时间。

一个月时间说长不长，说短不短，小青还没玩够呢，就已经到了归期，不情不愿踏上归途。左小青没曾料到，在中原腹地，竟然还有人敢调戏自己。

你们不认识这块玉佩吗？我爹是左轻侯。

小姑娘，别说是左轻侯了，就算是武林盟主，我们也不把他放在眼里。

话音刚落，一双魔爪朝小青的绿衣闪电般袭去。

比那双魔爪更快的是一把剑，飞剑。

电光火石间，飞剑出鞘，见血而归，收回飞剑的是一个鲜衣怒马的少年，那是小青第一次见到云空。

那也是小青第一次明白，什么叫一见钟情。

不，应该是一剑钟情！

怀揣着对云空的思念，左小青终于来到了扬州，不过这回，十里长廊边没有耳鬓厮磨。

云空的身上有伤。

在天魔宫五大凶徒的追杀下，云空惨败，名声和功夫第一次成了反比，他败得一塌糊涂。

走，跟我回去养伤。

左小青转身之时才发现一双腿已经僵立不动了，她回头，和云空决绝的眼神相撞，没有火花的飞溅，只有寒星般的冷硬。

等我学成归来，手刃魔头之后，必定娶你为妻。云空握着左小青的手，将左老爷子赠予自己的玉佩放进了这只温软细腻的手中。

原来玉佩是成双的，左小青恍然大悟之际，却只能目送云空西出阳关……

自那以后，两人依靠书信传情，时间一长，倒也没有当初想象中的缱绻缠绵。左小青知道，云空上了缥缈峰，在修炼一套绝世武功。

中原武林在这些年里，形势也变幻莫测，正道越来越式微，在天魔宫的大举进击下，邪不压正，好像已成为一个空洞无力的传说。

十年了，长江潮落潮涨，云空总算是出关。他回到左府时，被眼前的一切惊呆了，断壁残垣，墙上还留着天魔宫的印记——清幽火。

他背负长弓，在怒火中登上了西山——天魔宫的老巢。

上山的路不难走，云空挥舞着手中的剑，他是从一具又一具的尸体里走上去的，拦路的五大魔头也在其中。

多亏了这十年的修炼，也多亏了这张无情弓！

魔王李坏就在眼前的这座宫殿里，云空从后背的剑篓里抽出一把飞剑，搭在无情弓上。

刀剑相交，发出丁零当啷的铁器声。李坏从暗中偷袭，激射出两枚铁梨花，云空一个格挡，回首时，剑已在弦上。

云空，是你吗？

熟悉的声音从耳边传来，云空脑海里一片恍惚，恍惚之中，他好像真的看到了那个人影，那个令他朝思暮想的小青。

云空，你能不能高抬贵手，放了他！那个熟悉的身影跪在自己面前。

小青，他可是邪道啊！云空从曾经熟悉的眼神里，明白了两人的关系。

风吹过，大殿里的烛火一一熄灭，只剩下两个人的喘息。

就当是你看在我爹的份上，放过他，好吗？

黑暗中，云空看见了那件闪闪发光的玉佩。也罢，也罢，手中的无情弓，叮当落地，云空转身叹道，无情弓啊，本以为学成之日就是我幸福之时……

叹息声未出落地生根，大殿里跪着的身影突然弹跳起来，与此同时是一声娇斥。

无情弓，我叫你无情！左小青温软细腻的手中，握着的正是那把无情飞剑，剑指的方向，是云空的咽喉。

云空，你知道我等了你有多久吗，十年，十年呀，一个女人的风华！李坏虽然不是正道，他却能给我一个女人所希望拥有的家庭和幸福，你能给我什么？

飞剑出鞘，见血而归。云空第一次发现，原来这无情弓里射出来的剑，是凉的。

更凉的是左小青冷冰冰的痛诉：风华是一指流沙，你懂吗？

大梦锤

如果不是石峡谷一战耗费了他过多的精力，他是不会选择待在这里的。毫无疑问，那激烈的一战，令他和他，都受了不轻的伤。

哪怕待着只是权宜之计。

走的话也没说出口。

那就好，我怕的是有人来寻仇……酒过三巡，半斤装的翠微小酿见底，其实多数酒都进了刘不同的肚子，凌少飞举杯属于象征意义。

酒入愁肠，怎能只入一个人的愁肠呢。

惆怅的间歇，刘不同开始交底。

跟你说吧，把李志留在这，是不得已的决定。李志和我的关系，你是知道的。

他现在出去，就是死路一条。

嗯，江湖中谁人不知李志和您师出同门，当年师父受困于停台小筑时，李志手持大梦锤将您救出，是近年来武林的佳话呢。可后来……

罢了罢了，佳话不佳。

刘不同对着月光挥挥手，把凌少飞的欲说还休给堵了回去。凌少飞抬头，望了眼升至中天的月亮，过于清冷的光芒，令他打了个猝不及防的寒噤。

还真是越来越像了。

低语的人坐在檐下，是那种被雨水过分洗刷的檐，檐下可以清晰地看见雨水留下的褐色残迹，更近一些，还能遇见自己的影子。

当然，需要极好的月光照耀。

在照耀下，这些天发生的事情如大戏般，一幕幕浮上心头。

按理说，一切都在李志的计划之中，不会出什么大的差错。石峡谷是计划还未成型的时候，就已是李志拍案叫绝的地方，石峡谷幽邃，处于深山之中，乃杀人于无形的最佳位置。

没有泄密的可能。

可差错偏偏就出了，当李志的大梦锤悄无声息地飞到蔡七星后脑门时，蔡七星居然回手，射出了八粒铁栗子。

至今，仍有四粒痴情地钻进李志右手臂中。

说不痛，自然是假的。

唐门的暗器，岂有不痛的道理？想到这，李志的内心越发焦灼。要知道，作为一个杀手，他的任务就是杀人，任务失败对于一个杀手来说，说天塌了也不过分，当务之急是离开这是非之地。

困在这，等待他的，只有死路一条！

你要走？

是的。

伤还未养好，现在出去不是自寻死路吗？

自寻死路总比坐以待毙强！李志的面色突然转为狰狞。师哥，你让我走吧。

完不成任务的结果，师哥你应该能猜到。

江湖中有很多规矩，细分到各大门派，规矩更是多如牛毛。杀手楼的规矩，向来以复杂著称！

也不排除有人认为其最简单。

完不成任务者死，泄密者死，临阵脱逃者死。

眼下，李志很清楚自己犯了哪些罪状，必须出去，把未完成的任务完成，这是他心底真实的声音。

另外，他要找到遗失的大梦锤。

师父把大梦锤交付他手上时说过，物在人在。

刘不同不让他走，他用下巴示意李志，乖乖地回到床上躺着去，我不管外面起多大的风波，在翠微阁，你就是我的师弟，师兄如父你不知道？

当年我被师父逐出师门的时候你怎么不这样留我。

当，当年……

没话说了吧，当年你打心眼儿里瞧不起我这个无父无母的孤儿，我不过是偷看了师父的秘籍，师父便要废我武功，幸好我机灵，连夜出逃。哼，你很开心吧。

师父定对你倾囊相授了，但我不稀罕。

这就是你加入杀手楼的理由？

是的，我要证明自己，就算被赶出师门，武功也不比你差！李志一番话说完，大步流星地从院子里走了出去。

他怎会料到，这一脚跨出院门，会是永诀。

倒不是蔡七星来寻仇，江湖中消息传得太快了，刘不同拔剑的片刻还在思考，到底是谁泄的密，剑，却已置于他的头颅了。

是一把他从未见过的剑，有着隐忍以及刺骨的寒芒，在刺进他皮肤的时候，刘不同突然想起了童年和李志在雪地里嬉戏的场景。

……

三天后，李志归来，带着他遗落于峡谷的大梦锤。本是兴奋的他，在推门的一刹那，便闻到了刺鼻的血腥气。

血泊里，他找到了唯一的生还者——师哥的徒弟、断了左臂的凌少飞。

是谁？

是，是，李志急忙朝昏迷的凌少飞体内输送真气，是字未说完，凌少飞眼神突变！

与此同时，一丝似曾相识的寒意涌入李志颅内。

是一把他从未见过的剑！快准狠，就像剑主人凌少飞此刻的语言。

没想到吧，从头到尾都是我泄的密，不为什么，大风门到了我师父和您这一代，算是毁了，一个归隐，一个当杀手。我真是替祖师爷哀其不幸，怒其不争呀。

这下好，凭着您和我师父的秘籍，足够我称霸武林了，没给你们丢……

脸字未出口。

他没有给凌少飞出口的机会！

用尽全身最后一点力气挥动了大梦锤，倒地时，他突然想起了多年前的那个雪夜，师父将大梦锤交付于自己时，嘴里的那番呢喃。

世事一场大梦，人间几度春秋。

懦夫拳

像是一道光芒，猝不及防地将黑夜划破，流星，就这么闪电般撕裂眼球，继而，鲜血与汗液交织的气味在空气中凝聚发散，发散又凝聚，似是大幕拉开后的序曲，瞬息之间，四野遍布哀声。

他仍旧躲在视线不可及的位置，眼睁睁地看着眼前的一切由美好坠落另一个与之相对的极端。

漫漫长夜。死亡，如广厦倾塌。那种属于死亡的声音在他的眼睛、耳朵，乃至鼻息里移动，叫人作呕，怨声震耳欲聋。

出刀呀，你为何要躲着我……

刀呢？

刀在不远处，可那双手剧烈的颤抖，筛糠似的，将他拔刀的念头搅得一干二净。

懦夫！

也许真如他人所言，他就是个空有一副皮囊的懦夫。

刀呢？

傍晚的天空很灿烂，老陈的目光却深邃如井，把小马的目光完全给吸了进去，透过这并不清澈的井，他意识到刚刚不过是个模糊的梦而已，刀在梦中。小马揉了揉惺忪的眼圈。抬腕时，那一抹宛如红霞的红线还在腕上，如鲠在喉，他握紧了拳头。

待他回过神，想再透过对面这混浊的目光捕捉到些许隐秘时，老陈早已从门前消失，速度之快，好比赤水河上的清风。

都是有故事的人呢。清风无痕，小马抬头看了一眼门前的流水，和来时见到的一模一样，倒映在水中的晚霞亦是如此，该出工了。

迎着老陈的呼唤，小马脚步匆匆地朝前厅奔去，可记忆却如同被风刮着的逆流之水，生拉硬拽般朝相反的方向奔腾。小马是五年前来到小镇的。五年，有多长，小马没有精确算过，大概也就是一条河流向大海的距离吧。当初来到这儿，是他自己的选择，没有人逼他。这里的偏僻闭塞，亦不曾让他有过丁点儿后悔。

真不后悔？跟着我在这小店，做五年的包子。

新鲜的包子出笼，言语穿过巨大的水蒸气，被迅速蒸发。

人前的伪装罢了。洗净手上的发面，老陈叼着烟斗，默默地吐出这七个字。老陈就是这样，说话和搋馅一样滴水不漏，言语中，直白得不给人留一丝余地。

像他做的包子，白净，瓷实，从不破皮。

别怨我，等你到了我这个年纪，把世事都看得寡淡些了，你就会发现有些一针见血，不见得多疼。就像武林中，许多人追逐一生的神兵利器，到头来，还不如一对拳头发出的最简单直接的打击，哪怕你是一个懦夫。

懦夫，敢出拳？小马边自语，边咀嚼着方才这番话的含义，猛一瞥，窥见老陈在冒汗，一双手颤抖得厉害。

把老陈扶进屋，小马才隐约察觉到他身上暗藏着的隐秘。普通人额头上的青筋断不会有黄豆那么粗。

一切都不重要了，小马的目光顺着老陈紧紧攥在一起的大手，两颗拳头的指向，正是门前流水处，不知何时，流水处摆放着三朵落花。

小马的眼睛盯着三朵落花，死死地。他抬腕看了一眼，红线还在，宛如噩梦。

落花有情君无意，君问归期不知期！混迹于江湖的人，几乎都听过这首诗，而她的到来也意味着死亡与血腥气。三朵落花后，片甲不曾留，是听雪楼一贯的作风。

听雪楼是近年来江湖中甚嚣尘上的杀人组织，其手辣之程度已超过天魔宫。

小马又想起了那个噩梦，连续困扰他半月的噩梦，梦中的一切真要应允至现实了？没理由的，已经躲到这里了，没理由的！小马垂头，一双手没来由地开始颤抖。

听雪楼要血洗小镇消息瞬间炸开，这坐落于赤水河边的小镇，刹那间变得人心惶惶，唯有老陈仍在做他的包子，他将花取来，插在铺前的水瓶中，默默地揉着面。买包子的客人越来越少了。困扰小马的那个噩梦，出现得越来越频繁，越来越清晰。

他知道真正的噩梦，正顺着暗涌的流水中朝二人袭来。就像五年前的他清楚地知道，他已是废人，一个再也握不起任何兵器只配四处窜逃的废人！

大幕拉起的那天，是个极为平常的傍晚。

于噩梦中惊醒的小马发现自己已置身于另一重噩梦中。令他侥幸又意外的是，那些白衣胜雪的人并不是来找他的。

透过门缝，可以隐约瞥见老陈。

同平时判若两人的老陈！

没想到吧，躲了这么些年，你这个负心汉，终还是被我们给找到了。

我不后悔，苟活这么些年，我就料到会有这么一天，我死之前只求你们一件事。

说。

放过镇上的人吧，还有我屋里的那个年轻人，他们不曾负心于人，很多人只怕还没爱过，不像我。

小马的脸倏地红了，透过缝隙可以看见，白衣胜雪的中年妇人脸上泛着泪花。

是因为爱还是恐惧，不得而知。但规矩就是规矩，老陈最终还是倒在了冰冷刺骨的地上。他夙愿得偿，白衣只带走了老陈一个人的血迹……

那血胜雪！

小镇的生活恢复如初，刺骨的寒风里，小马的一颗心却在暗中悸动。在刺骨的寒风中，他策马，肩上披着的，是老陈生前最爱穿的一件黑袍。

黑袍上有血，老陈的血，与他手腕上的红线似乎在冥冥中有着不可分割的联系。

小马决定回到五年前的那个地方，以拳替刀，直面斩断他这些年来所有的恐惧和噩梦。

最简单的打击往往最有效，哪怕你是一个懦夫！思索着老陈生前的话，小马双拳攥紧缰绳，大喝一声——

驾！

铁砂掌

残阳，饮马客栈，秋。像是一树临近凋谢的海棠，秋日里，秋风下，残阳已残得有点怕人。

怕人的又岂止残阳！

萧别离在饮酒，举杯邀明月，对影成三人的那种独啜，一口一口酒还未落到肚子里，眼眶却先湿润起来。窗外是古道西风瘦马，此情此景，按理说江湖人都见怪不怪的。

只有内心柔软的诗人才会做如此状。

萧别离不是诗人，面对客栈外如海棠树般火红的夕阳，他只能饮酒也只会饮酒，若让他用自己的词语形容此间的景致，他倒更愿意用凄艳二字。

顾名思义，凄凉，鲜艳。

两个压根就不应该待在一起的词，如同他和她的关系。

她。

但凡是在武林中滚过一趟刀的人都晓得，成都沙府的地位，自第一代沙门舵主沙振天偷师学得赤砂掌成立沙门后，成都沙府，一跃荣升为武林第五大家族，而经过世代更替，赤砂掌这套威震天下的掌法也正式更名为铁砂掌。

偷师的名声是可耻的。

沙家花了三代人的时间，终将其洗白。之后，沙家更是打破了武林传内不传外的老规矩，广开门庭，招收习武人士。

规矩总是人定的不是？在武林同道的质疑声中，沙府给出了这句看似柔软实则强硬的话语。

招徒有个前提：心好，心诚。

肖玉就是这时拜入成都沙府的。肖玉很实诚，我亲眼见过你们门下掌法的威力，比书里的武二爷还厉害，一掌下去，对手立时就倒地不起了。抚着胡子的沙海笑弯了腰，顺手一带，将肖玉扶起。

孩子，你刚才说我们门下掌法？

对呀。

错了错了，我们是沙府，小沙弥修行的地方才叫沙门呢！沙海身旁的女孩一脸稚气。

行，我收下你。

过了很久之后肖玉才知道，原来那个满脸稚气的小姑娘就是师父的女儿——沙府的小千金。

练武不像修文那般闲适，老话说得很对，冬练三九，夏练三伏。幸亏肖玉是有点底子垫着的，否则早就和同入门的那批师兄弟一样，个个累到还没学习铁砂掌呢，便被赶出师门了。

懒比坏更坏！

这是师父常在他们练功时念叨的一句话。

在师父寒来暑往的念叨中，肖玉也渐渐地长成大小伙子。

古书里写岳云十二岁就挂帅，师父，你打算何时才教我点真本领呀。

头一回，肖玉对师父的言语里便多了些从前没有过的东西——怨气！

少林寺扫地的都会不时的教点东西呢，掰起指头算了算，来成都八年了，肖玉似乎真没学到什么。

你真要学吗？一入沙门深似海！师父的语气里加重了感叹。

我是真心的！

同样的感叹在今天看来，是那么的陌生和遥远。饮马客栈，酒仍保留着温过的余热。

心却凉了。

凉了的心依旧在老去的胸腔内维持着跳动，他发过誓，今天就一定会等到底，不论残阳多么可怖，不管黑夜多么摄人心魂。凄迷的夜色中，回忆如冰山一角般露出端倪。

又是一个五年，功力见长的五年，功力见长的同时，肖玉的情感亦如窗外青葱的枝蔓萌生，或许是冒天下之大不韪吧，他和师父的千金相爱了。女孩陷得比他要深，每逢夜晚，他的那颗心都近乎分裂。

肖玉十分清楚，自己不可能和她在一起的！

逃吧，你已经练成了我父亲的铁砂掌，咱们找个世外桃源去共度此生。

两人的约定他却只履行了前一段，逃！在他那一招势不可当的狂沙如海击倒沙海后，他很清楚地知道，沙海不死，最多也就是废人一个了。

他开始隐姓埋名地逃……

与此同时，她才知道，原来他是海南老海家的后人，当年祖上就是偷了他们的师，回到内陆。

……

酒还是冷的好喝，萧别离看着碗中的酒，充血的眼球已从往事中收回。酒还是冷的好啊！

嗟然一声长叹，和往年里那一长叹有所不同的是，长叹过后，连天的风沙里走出来一个女子，夜色中女子戴着面纱，朝饮马客栈徐徐而来。

声音渐渐近了。

举杯邀明月，跟对影喝酒难道不孤独吗？

还，还好。

听说你年年都在此地等我？

差不多有二十年了。

二十年，人的一生有多少个二十年……两人共同仰头，注视着风沙之上的那轮明月。天涯终于履行了诺言，让他们在多年后能够真的共了此时。

别高兴得太早，你应该知道我是来干什么的！

女子的言语突变。

女子的一双手也举起，明眼人都看得出来，这是铁砂掌最后一招：黄沙漫天的起手式。

你?!

风，因为真气激荡而引来的飓风吹开了女子的红色纱巾，接下来的这一幕把萧别离给彻底震住了。

红斑四尺，盘踞在本该白皙的脸上，蜀……蜀中小唐门的尸毒？

湿润回转到女子泛红的眼眶上。

她撤回手掌，将面纱重新系上，萧别离的手想拉住她。萧别离能抓住的，只有当年的一段记忆，以及缠绵在空中的飞沙。

风华是一指流沙，苍老才是一段年华。

我活不到明年了，赤砂掌也好，铁砂掌也罢，都应该随着这流沙和年华一笔勾销了……

折戟沉沙铁未销，自将磨洗认前朝！一声长啸过后，萧别离起身，漫天的掌印，搅动起飞舞的流沙。

七　伤

秋雨楼，残月，冬夜。选择在此地决斗是有理由的。月华下，赵信反复拨弄着手腕上的小物件，没来由地想起了那句话：一别两宽，各生欢喜。

话，是宁欣留下的。

这话，他记了整整二十四年。就像那套已深入其脑髓的七伤。

七伤。

何谓七伤？

先伤己，再伤他人，则为七伤。

拜入师门之时是秋季，赵信记得很清楚，那天，本该淅淅沥沥下着的秋雨一反常态，玩起了瓢泼，翠微峰顶，早已是泥泞满地，寸步难行。

令师父意外的是，赵信竟能爬上峰顶。

既然来了，就是你我的缘分。师父捋了捋如玉米须般的胡子。佛语中爱说这个缘字，虽说你是带艺投师，但谁又能怪我是谢晓峰呢。

谢晓峰，江湖人称杀敌一万，自损八千。可能很多人不太熟悉他的名字，但只要是一提起他的独门绝技，每个人都得竖起大拇指！

七伤。

不是为了七伤，赵信也不会带艺投师，武林第一大忌呢，敢打破此条例的，武林唯有谢晓峰一人！

那些俗人，一天到晚拿着老祖宗的条例来奴化手下弟子，什么无规矩不成方圆，狗屁，所谓的规矩，不还是人定的吗？

拜入山门第一天，谢晓峰就喋喋不休地跟赵信絮叨起了这些外人听起来可能觉得逆耳的离经叛道的理论，包括往事。

七伤拳，开山立派者为金毛狮王谢逊，多用碗口粗的泡桐来进行发力训练。信儿你要记得，所谓七伤，讲明白了就是伤人又伤己，讲究七重境界，伤到最后……喋喋不休的谢晓峰突然沉默了。

良久，他又笑道，这么些年了也没有人练到最后一重，算了，不跟你啰唆了。

伤到最后到底是什么呢？

肝脏，抑或是肾肺，赵信不得而知，在一次次的不得而知里，心里的疑惑反而被渐渐淡化了，取而代之的是全身心地投入。投入到七伤的层层习练中。

赵信一直不曾忘记来翠微峰的动机。

而她，却如同注定躲不过的意外，在另一个雨天，悄然到来。

淅淅沥沥的雨水落在湿滑的山路上，渐渐打湿赵信行色匆匆的脚步。师父的风湿已有些年头，需要他竹篓里刚刚采到的新鲜草药驱驱寒。着急忙慌地行至半山腰，赵信竟听见了一声呼喊。

是求救，利用燕子三抄水轻功，他很快就在一片荆棘找到了她，用后来的话来形容初见——惊艳！

惊艳，的确是惊艳呵。赵信将暖好的酒对着月光轻轻摇晃，人生若只是初见该得有多好呀。

清冷幽深的月光下，他手腕上缠绕的小物件反射出同样清冷的寒芒。

后来你就抛弃她了对吧。

不能说是抛弃吧。沉思许久，赵信道，总归是我负了她罢。我是什么人，她是知道的。我是带着仇恨拜入谢晓峰门下的人，那么些年我辛辛苦苦学得七伤，不就是为了下山复仇的那一天吗？

她劝你放下仇恨。

杀父之仇，不共戴天，我怎能轻易地就放下。是的，和传闻中一模一样，我违背了诺言，离她而去，至此，我离仇恨又近了一步。不过，这次仇恨的对象是我自己。

你恨自己当时没有好好地留住她？

是的，手刃仇人的一刹那，我才陡然发现了身体里多了一种之前从未有过的东西——空虚，想要与尔同销万古愁，却找不到“尔”的空虚！

所以你才答应了和我的决斗。

是的。“是的”二字还未说完，两人便齐齐飞至秋雨楼外。月光打在二人有些疲惫的脸上，夜，显得更加朦胧了。

对手的掌法已入化境，力未至劲先扑面而来。赵信一个侧身闪过，附带一记长拳还击。

七伤拳，的确厉害。

可好景不长，几番争斗，差距明显地拉开了。拳怕少壮，赵信年近不惑，体力已落了下风，好几次，对方的钩镰枪都与自己贴身而过，月光下，枪头泛着幽幽蓝光。

蓝光越来越近，越来越近！

砰砰，赵信抬手出拳，是七伤拳中最狠的杀招，伤人伤己。快接近对手的蓝芒时，他却出人意料的，把手上的空门给送了出去。

有血滴落的声音，时间，仿佛在那一刻静止了。过了半晌，赵信才睁开了满是疑惑的眼睛。

非血，是飞雪。

你？

你知道宁欣快要成亲了吗？发问者居然变成了对手。

当然知道，赵信收回血红的双臂，轻轻拨弄腕上的小物件，是一串穿好的雨花石。

她马上要和武林天骄的二公子成亲。

沉默，万籁俱寂的沉默过后，是一阵长笑。

哈哈哈，宁欣果然没有看错人。

果然？难不成你是？赵信瞪大了眼睛。而对手，这个一袭红衣的男人，却只是轻轻拍了拍他的肩。复又轻声道：我知道那串雨花石是她送你的，我也知道你最后那招伤人伤己是绝杀，我绝对敌不过，但你为了不毁这串石头，放弃这一招，我实在是没有想到！

赵信低头，看了一眼右手腕上的雨花石。

我相信你，能把一串小小的雨花石看得那么重的男人，才是能对宁欣一辈子好的男人。

二人的大手紧紧地攥在一起。

雪，像极了初见时的那场雨，落得淅淅沥沥。

鱼　肠

像快淹死的人抓住浮木一样，他伸手抓住了桌上这瓶酒，酒杯晃动，下肚。

酒是热的，从他微笑而陶醉的眼神里可以看出，酒无毒。

四杯了。

满满当当的四杯过后，他睁开迷蒙的醉眼。是风，风穿越壁廊笔直地打在身上，有种故人踏雪而来的味道，风轻轻地撩动着他的衣衫。

他笑了。

无雪，所有的事物都在意料之外，不像三年前，所有的事物都在掌控与意料之中。

第五杯酒下肚，时间像跑马灯似的往回流转，他那副渐渐变冷的心肠亦在热酒中渐渐回温。

大雪纷飞。独月楼，无月。

喝酒的人正等待着一壶热酒，酒桌之外的人在翘首期盼着一场江湖皆知的赌约，唯一能把他们牵扯到一起的是心情。

也只有心情。

用热锅上的蚂蚁来比喻最贴切不过了，每个人的心情都是焦灼的。可他不急，明月楼高休独倚，站在独月楼下的赤水湖边，他只是在做一件简单的事。

微笑，平静地注视湖水。

他英气逼人的眉宇间，看不出半分焦灼。

那是自然！独月楼上，一位鹤发童颜的老者抿下一口刚温好的酒，说道，你若是有他那种生来的天赋，也不会对眼前的事物产生惧怕，再加上他手中的那柄鱼肠……

鱼肠？

多数酒客听闻鱼肠二字，便二话不说，头也不回地往楼下走去。来独月楼饮酒的多为嗜酒者，让他们主动放下杯中物倒还是头一遭。

来独月楼饮酒的也多为半个江湖人，“鱼肠出手、片甲不留”的名号，在这十年内，早已传遍巷尾街头。

光阴似箭，这十年范宁无一日不在感叹，当初上南山战遍群雄，下西海片甲不留的豪气，如今去了哪里?!

寂寞如斯啊，寂寞如斯。

……

真乃狂生一个！这是武林四大家族中为首的慕容家族长子慕容风出山后说的第一句话，他跪倒在父亲的坟前，坟茔上已遍布荒草。闭关十年的修炼让他有了足够的把握去手刃那个魔头。

正月十三，独月楼，赤水湖畔，带上你那柄残害忠良的鱼肠剑。既赌胜负，也决生死。

他誓要为中原武林复仇。

大雪纷飞，行走在雪地上的人抬头看了一眼暗灰色的天空，夜已深了，他赐予夜空的注视更深。

谁知道是不是最后一眼呢？

总要多些留恋吧。

风雪更盛，慕容风慢慢合上嘴，自腰间抽出血饮刀，出刀的时候他死死地盯着范宁左手。范宁一怒拔剑的速度还是超出了慕容风的预期。

太快了！

不论是剑还是人，在交手超过五个回合后慕容风才发现，眼前的魔头似乎到了人与兵刃的最高境界，人剑合一。魔头在交手中仍在微笑。

怎么可能？

酒仍是热的，过往时光却如同灰烬，迎着北风消散变冷。

怎么可能，也是当下慕容风心中的真实想法。

确实，我也不懂，你的功力已算是世上第一，但在五回合后仍不能近身于我。我放了你，可，我怎么可能败在一个名不见经传者的剑下？

人之将死，短暂的疑问遂转为感慨。过去的事不提也罢。短短的八个字里，藏了多少不甘。

慕容风不知。

慕容风是来赴约的，当他半个时辰前赶到这儿，看见形容枯槁的魔头喝下一杯杯热酒时，他拔刀的手软了。

出手！

出手！

江湖人讲究事不过三，所以说当面容枯槁的魔头范宁喝到第二声时，慕容风决定了，他要和眼前已不复当年的这个他，把当初未完成的赌约完成。

既赌胜负，也决生死。

倒是挺快，闪着寒芒的鱼肠剑一剑剑刺将过来，慕容风抽刀，两人不断交手，赤水湖中的赤水被巨大的内力搅动，翻涌。

嚓！

血饮刀迎风斩下，范宁举剑格挡，本是安妥的一招，可他却将剑向前伸长了几分。

恰好是刀尖遇上心跳的几分！

范宁应声倒下，回了个旋的鱼肠剑亦应声回到主人身边。

酒仍是热的，昔日不可一世的魔头倒在断作两半的鱼肠剑旁。月光下，他笑得格外安宁。

两柄鱼肠，想来不会寂寞的。

流　星

可以等待千年，并且一剑不发！

如果有对手欲置我于死地，仍然一剑不发？

唉。

师父拂袖而去，竹林里只留下叹息声……

我叫小李，但不是那个例不虚发的小李飞刀。

很奇怪，江湖中明明就有很多个叫小李的人，却总要被误以为和小李飞刀有关联。

我用的是剑！

天阴冷，我和师父一样，一夜无眠。

吃过早饭，看着屋檐上雨水缓缓落下，从天空迸发到地上，大珠小珠一齐落入玉盘。

不知怎的，师父的脸色有些不对劲，略显凝重。

师父，你怎么了，睡眠不好？

没，没事。师父顿了顿，从腰际掏出葫芦，对着嘴抿了一口。

小李，下山去打壶酒来！

山上不是还有酒嘛。我记得上个月才打的一壶呀，师父都没怎么喝，剩下有两斤多呢。

还待抱怨，师父已经板起了脸。

……

走下山的路明显比上山要快，师父教我的“燕云三式”已经练得差不多了，回去也是闲着。

日暮乡关何处是，烟波江上使人愁。

不大会儿工夫，我便来到了山下的酒楼外，日暮楼的招牌上，刻着这两句据说比师父的年纪还大的诗！

客官，来点咱店里的拿手小菜呗？

行。

我小李可是个出了名的慢性子，哪一回下山办事不总是要磨蹭半天。师父岁数大了，少喝点酒也好。

脑子遐想的片刻，大毛已经端上了四盘家常小炒。

大毛是这里的伙计，跟这里的小炒一样，和我极为相熟。

半晌过去。

一壶竹叶青合着饭菜下肚，看看窗外的景致，好山好水好时节，搭配上正午时分淅淅沥沥的小雨，真想赋诗一首。

可惜我不是诗人。

我是一个剑客。

收拾好自己的遗憾和师父的酒壶，我三步并作两步，醉眼蒙眬，行走于青山绿水间，突然，身后传来脚步声。

哼。

三十年来还没有人敢擅自闯入鸡鸣山！

我下意识地摸了摸别在怀里的短剑。

一股凉意穿过树梢，扑面而来。

听说你们倾城剑派的剑法快如流水，飘似行云。

说话者是一名脸上刻着伤疤的黑衣男子，是刀伤，也像剑痕。虽然隔着几株大树，但这并不妨碍他的杀气外泄。

雨越下越密。

我相信雨水已经浸湿了他的眼眶，十年江湖摸爬滚打的直觉告诉我，这家伙来者不善。

别着急动手嘛，鄙人只是听说贵派的行云剑法冠绝天下，想向吴敌老爷子讨教几招。

住嘴，师父的大名岂是你能叫的。

呵，小子挺狂。

狂字还未透过雨水，穿入我的耳朵，一把长剑贴身穿过雨帘而来……

好剑。

都是剑道中人，阁下却下此狠手，我！

我小李可不是好惹的！

别在腰际的短剑在倏忽之间弹出，在密林里嗡嗡作响，两把剑如同两条水蛇，一会儿交缠，一会儿分开。

……

流星剑法，呵呵！

我的剑如流星一样袭上他全身的各处要害。

半个时辰，够了！伤疤脸倒下之前，只留下了这一句简短的话，和一张含笑九泉的笑脸。

听完这话，我立马疯了一般的跑上山，连我最心爱的短剑“青红”留在伤疤脸喉头，也置之不理。

顾不上这么多了。

小李，你，你总算是回来了。

师父一脸的平和，山上的一切和我早上下山时一样。

一模一样！

酒呢？

哦，师父，酒落在日暮楼了。

我实在是不敢告诉他，刚刚杀了人。入门的第一天，师父就告诫过我，就算别人剑指于你，也要一剑不发。

这是什么狗屁规矩！

师父突然抬头，盯着我，你说谎了，小李，你的身上有血腥气。

师父！

待我跪下求饶时，师父却转过身去，头也不回地进了里屋。

我年轻时也像你一样，莽撞，爱逞英雄。知道我为什么叫吴敌吗？

我摇头。

青红短剑其实是青绿色的，是我拿着它，一步步将其染红。只因江湖上相传，用鲜血祭剑，就可以练成行云流水、人剑合一的流星剑法。师父的声音从里屋徐徐传出，还伴随着一声长叹，还有一件事，我本来打算瞒你一辈子的，看目前情形，是时候告诉你了。

瞒我一辈子？

你其实不是孤儿，当年我杀你父亲时，一不留神，给他逃了。哼，不过他脸上被我刺了一个伤疤，是刀伤，也像剑痕，那是流星剑法特有的印记。

我控制不住自己，身上开始剧烈颤抖！

太吻合了！我在那人脸上留下的新创口，与他脸上的旧伤痕，如出一辙。

师父，这就是你告诫我不要出手的原因，是吗？

对。

师父的声音不无苍凉和沮丧。

年轻时造的孽太多。我收你为徒，只是希望流星剑法不要失传。你已经知道真相了，来吧，杀了我！

这一次我没有回头。

师父，你年轻时候应该不是用剑吧？

对，我用的是一把叫流星的刀！

曲终人不见，江山数峰青。我头一回发现下山的路是这么漫长。

是夜。

我抬头，朦胧中瞥见了一颗酷似师父的流星，跌落谷底……

|第三辑|

岁月轻狂，你可曾纵情高岗

至尊荣耀

他割下一块连骨肉，刀锋向内。安静地，慢条斯理地再割下条条块块的肉，是前腿肉，在微暗的灯光下，肉显得肥瘦均匀。

真血腥！扔下这句抱怨后肖易就不再继续往下看了，转而将目光转向手中的冷光屏。要知道，对于身处独生子女家庭、娇生惯养的他来说，平生哪见过这种场面呀，硬要和血腥扯上点关系的话，恐怕也只有王者荣耀了。

人在塔在，塔破人亡，时下年轻人标榜青春的口头禅。张老汉是越来越搞不懂这类一刀下去就死掉一片的游戏了，哪来的荣耀之说。

难不成比我们小时候的拍画片还要好玩?

容不得他去回忆和思考。传菜员小李已经催过三次了，老张透过玻璃橱窗瞅了西区二桌一眼，客人的不耐烦全刻在那张堆满了焦虑的脸上。

手上动作放快点，别玩了都!

说话的同时，老张手里加快了速度，不大一会儿，额头上的汗珠便依序滑落，像极了窗外淅淅沥沥的雨。

雨挺皮的，三天两头没完没了的落着，倒不像那首诗描绘的那样富有画意，周同甚至觉得这场雨下得太久了，不光是寝室、楼道，连自己的人都要发霉了。

发霉这说法有点儿夸张，不过周同的心就真是接近于霉化状态了。辅导员约谈，爸妈的责骂，本以为到月底，再怎么不顺也该翻篇过去，孰料在游戏世界，他又给队友臭骂一顿。

这么菜还玩什么荣耀，吃点辣条补补脑了吧你！

不是能忍的人，周同绝对不是，事事 No. 1，追求最高荣耀是他这么多年的生活准则。

不就是个游戏嘛，玩玩而已，别太认真。就因这简简单单的一句劝告，那个下着梅雨的夜里，他跟室友李志十分不理智地大吵了一架。

谁都拦不住他，谁也拦不了他，输入支付宝密码的片刻，周同的眼神里透露出一股决绝，虽然那眼神只坚持了五秒钟。

第六秒，决绝逐渐被后悔替代。

没有长度的后悔，回想起来，就如同此刻暗无天日的等待。

怎么今天这么慢，到底什么时候能给我把饭上来？拿着点餐牌，周同来到了前台，尾随他的是满腔怒气。

您先别急，一会就好。

一会，哼，早就听说后山食堂的卤肉饭慢，今天算见识到了。哟，原来烧火的师傅是残疾人呢！

呢字被故意拖得很长，食客们回头的瞬间，目光全都聚集在张老汉的手上。

右手。

略微一怔，张老汉继续拨弄手中的连骨肉，刀劈斧砍，静谧的虚空中似乎存在着某种不怒自威的肃杀。

……

不会吧？

还真就会。事事不顺的周同，在一顿饭下肚后才发现自己的支付宝账户没钱了。电影里的霸王餐是多去了，现实中可就没有这么好了。师傅，让他留下来帮忙干一天吧。

对呀，让他干一天，就当抵饭钱吧。

没来由地，号称校园小霸王的周同被留在了三楼，刷盘子刷到浑身上下再没有一丁点儿的小霸王气息。不过倒也没有想象中那么窝囊，闲暇之余，张老汉会拿出一沓厚厚的卡片来教他们玩打画片。每次结尾，张老汉都会挥动着残缺的右手说老了老了。

而和肖易的友情，倒更像是一场意外……

你也打王者荣耀？

当然了，现在谁不玩。

瞅着晚上收工，张老汉回家的空当，两人开始讨论起来，听说近期才出了个新人物，你知道吗？

知道，不过这人物可贵啦！说到钱，两人心照不宣，同时朝不远处的收银台看了一眼。

没上锁。

再看第二眼的时候，花花绿绿的钱已经在手上了，没敢拿多，怕师傅第二天会发现。师傅第二天却没有丝毫察觉，依旧如每日般割着连骨肉。

周同二人也和往日一样，收了工，在冷光屏里与人厮杀，追求着至上荣耀。

不过安静的氛围被平日少言寡语的师傅冲破。

张老汉点燃烟，看了一眼窗外的梅雨，云雾缭绕。

小同，我记得那天你和我第一次见面，是因为我的右手吧。你也一定在想，一个右手残疾的人，为什么握刀如此有力？

是，是您练出来的吧。

我的手劲的确是练出来的，我的残疾却是后天的。知道我为什么喜欢玩打画片吗？我年轻的时候，好赌牌，也和你们一样，爱在人前追求所谓的狗屁荣耀。

都是那所谓的狗屁荣耀害的呀，倒也好，嘿嘿。张老汉笑着，扔了烟，继续慢条斯理地处理着手中条条块块的连骨肉。

鲜为人知的是，在烟被垂直扔进垃圾桶的时候，周同和肖易二人心里的至尊荣耀，也在黑暗中随着梅雨被冲走。

完美策划

有些时日了，女人站在那个避风的角落里，见风不动，见雨不移，面无表情，活脱脱一人体雕塑。

玩行为艺术？No。

明眼人都看得出来，女人是在夹缝中寻找生存。女人守着自己的小推车，跟行为艺术没有半毛钱的关系。

切，不就是卖点坏牙齿的甜食嘛，林豆豆蹙起眉头。好端端的赚钱果腹到你口中就变成了生存，犯得着用这么煽情的字眼替她们拔高？

蹙着眉头的林豆豆，打心眼里瞧不上路边那些摊贩，甚至于带点反感。包括帮她们说话的室友谭慧。

跟童年的家庭教育有关。掰起指头往前数，父母从不让林豆豆同底层接触，连校门口随处可见的糖葫芦她都没吃过，三个字：不卫生。

言简意赅，以至于每当豆豆嘟起嘴快要哭的时候，母亲都会亲切地递上在大商场里买的高档水果糖。

底层。所谓的路边摊贩在父母的口中一度被刻上底层二字，谁让她们读书时不努力的。呵呵，倒真没说错。抬头望向窗外，连着半月的阴翳将阳光压在底层亦有些时日了。这样的气候就适合焐被窝。

揉揉因为寒冷而蜷曲在被窝里的腿，林豆豆蹙起的眉头舒缓开来，连带她特有的小虎牙式可爱笑容，也渐次铺陈绽开。都别扰本姑娘的清梦哈，本姑娘要睡个回笼觉。

还睡？看看日程安排表，期末测评。

同样的言简意赅，短短四个字如炸雷般震醒了全寝室。应该还早吧，林豆豆瞥了眼窗外，用老家方言来形容，乌漆麻黑的。

的确，白昼越来越短，满世界皆被乌漆麻黑占据，包括林豆豆那颗发着颤的小心肝。谭慧懂，女孩家家那点小心思都是穿的，况且都在一个班。与气候无关，与天黑天亮，瞌睡虫都无关，这节市场营销策划课，林豆豆是压根不敢去的。

算起来，自己旷课可有些时日了。

你来还有意义吗？老师下意识推了推眼镜框，那股怒气至今仍盘旋于林豆豆耳边。

除非，你能交上一份完美的营销策划方案。

完美？

就像每个女孩都渴望拥有的如瓠犀的贝齿。怕林豆豆不懂老师的意思，坐在床畔的谭慧细心解释着。

真是讽刺！完美，贝牙，呵呵，细思起来这两样东西在没踏入大学前林豆豆都曾经拥有过。多年的苦修不就是为了读个好大学，好好玩上两年么，能够把之前爸妈不让吃的都尝一遍。幸福呀。

幸福，那一口如瓠犀的贝齿，恰恰就是在这不分昼夜的幸福里给腐蚀掉的。

疼，不光是回忆。更有那被糖果甜坏的牙齿的无声抗议！

相反，窗外的吆喝倒是掷地有声，连着小半月，有甚嚣尘上的趋势。

自制麦芽糖，甜牙粘牙不坏牙。自制麦芽糖，大家吃了都叫好。如此两句，反反复复，从天黑喊到天亮，从天亮复至天黑。

烦死了。坏不坏牙林豆豆不晓得，也不想去追究，但吵到学生休息却是实实在在的，都忙着期末复习咧。走，咱俩会会这位雕塑阿姨去。

不由分说，谭慧将带着怨气的林豆豆从被窝里一把拉起。

我的期末作业还没着落呢！

二人被叠加的怨气推搡着到了女人手推车前，看见女人在北风中死死地用手稳住推车时，两个女孩的心却瞬间软了下来，叠加的怨气变成疑问，如同锅中温润细软的麦芽。

真的不坏牙吗？林豆豆捂着疼痛的左边脸颊。

真的不坏牙咧。似乎是为了证明，女人边搅拌着锅里的麦芽丝，边笑，笑出来一口如瓠犀般剔透与晶莹的贝齿。

我这麦芽糖，是用自产的大米和麦芽熬制的，为什么甜牙而不坏牙？阿姨就是怕你们吃糖坏牙齿，特地在里头放了花生。

难怪咧。

言语间北风呼啸而过，穿过三人颤抖的躯体，和那双溪舴艋舟一般摇曳的小推车。生意不好做，从一眼能望到底的收零桶里便能看出。临渊羡鱼，不如退而结网。林豆豆突然想起早上看到的那则微信推送。

对，结网！

网？

就是互联网撒。这回，轮到林豆豆蹙起眉头给谭慧耐心解释了，咱们不是经常在微信微店上卖自己用不上的化妆品么，比起化妆品，阿姨这麦芽糖可好销多了，老少皆宜呢。

微店？

是的，阿姨，有了微店，您以后就再不用起早贪黑的吆喝。我还保证，生意绝对比现在要红火。

就这营销方案，不得把老师的下巴给震掉吗?！互联网加上传统手工小吃，简直完美。

就是完美！豆豆，我要为你俩打 Call。

谭慧朝阿姨竖起大拇指。彼时，林豆豆发觉，持续数月的阴翳也正随着三人咧开的嘴角悄然拉开序幕。

满血复活

冲动不难，但想要克制一次突如其来的冲动，却是异常的难。打小，邱寒的爸爸就一直把这句话奉为真理。

也习惯性地把这句话，金科玉律般传给了儿子邱寒。

独子的缘故，邱寒从娘胎里一生下来，就被视为家里的掌上明珠，吃的用的穿的玩的，按他父母的话说，我们对儿子可是上不封顶的，只要在能力范围内。

每一样都必须是最好的。

如同电视里每晚八点档之前必播的那段广告词一样，最好的爱给最好的你。

独子邱寒也并不是旁人想象中的啃老族、富二代，反言之，他可是一个好学生。这么说吧，邱寒打小学到现在拿过的奖状，都可以用来糊一面墙了。

出人意料了不是？邱爸叼着根烟，轻描淡写地向邻居们炫耀着。

儿子，到大学爸爸别的不要求你，只想你能健康快乐成长。别把太多心思放在学习上了，刻苦了这些年，也该歇歇了。

该歇歇了，儿子，一定不能忘了爸爸的话，冲动是魔鬼，热血未必是好事。

临行前，邱爸千叮咛万嘱咐，兜售他并不丰富的人生经验。

好学生邱寒就在这样一片羡慕的眼神里离开了家乡。他清楚地记得，是夏末。

立秋将至却又未至的时刻。

秋老虎可真的虎威不减，开学第一个月的军训期间就没凉快过。邱寒每天和同学们都在操场上，重复着以下三件事：跑步，军姿，蛙跳。

如果说还漏了一件的话，那一定就是骂娘，指着天骂，指着地骂，指着转身喝水的教官各种乱骂。

当然，教官转身过来就瞬间尴尬了。同寝室的纯爷们儿梁小红就被抓到过好几次，烈日下，回头一瞥总能看见梁小红受罚的身影。

对于邱寒来说，受罚这两个字，想起来都那么遥远。毕竟自己是好学生，不是有那么句话嘛，好与坏中间可差了一道银河。

银河究竟有多长？睡在上铺的胖子总喜欢拿这话题怼他。

银河有多长邱寒目前还真说不太清楚，他也没时间去管，有件事现在可比银河还棘手。

是烦心事，在邱寒心里已经赖了两月了。

事件的开端源于那个没课的午后，邱寒和胖子吃了午饭，刚从学校外头进来，看见路上聚满了人，围着两辆大巴车，以为是打架呢，凑拢一看才知道，是市里的无偿献血流动车。

胖子就兴奋了，拉着邱寒的手连说了三次，咱们去献血吧，还不停地指着流动点前悬挂的礼盒和娃娃，悄悄在邱寒身边耳语，兄弟，那娃娃在网上卖得贵咧。你不是一直喜欢班上的马璐嘛，献完血送给她，一举两得。

邱寒内心是充满抗拒的，他有轻微的晕血症，那么粗的针扎进血管，真正是细思极恐的。人明明回到寝室了，心里还是惦记着那个呆萌的娃娃，还有一脸呆萌的马璐。

一个情字，比银河还难逾越，邱寒的心里就像上了发条的闹钟。

不知道是谁最后给了邱寒勇气，晚饭过后，他一个人踏着轻快的脚步，走到了流动献血点那里，约莫十分钟的光景，血抽好了。他用刚刚被抽肿的手抱着巨大的玩具熊，招摇过市般回了寝室。

连献血证都忘了拿，熊拿到手了就行。

体内突如其来的寒冷是邱寒没有料到的，献血都超过两个月了，难不成晕血这玩意还有后遗症？

邱寒不信这个邪！

直到他看见了诊断结果上用红色墨水笔写着 10 个工整的小楷字体——获得性免疫缺陷综合征，他才发现这一切是有点邪乎了。

……

此时的寝室里，胖子仍旧熟睡着，放在大熊身上的手机屏幕突然亮了，是一则新推送的头条新闻，上面醒目地写着：校园流动献血竟遭遇黑市团伙，针管上据检验残留有 HIV 病毒。

而那熟悉的发条闹钟声音，似乎也随着不断上涌的热血，在邱寒冰冷的心底里复活了。

心律失常

心慌不是病，慌起来却能出大乱子的。儿子呀，去到学校没有父母陪在身边，遇事千万不能着急逞能呀，这……

够了够了，您都说了三十多遍了。

李小平收拾好行李，头也不回就出了家门，老妈剩下的半截子话硬是给活生生的撇在了秋风里。

一层秋风一层凉，一场白露一场霜。

绿皮火车比想象中来得要慢，人群准时聚集在站台边，车却晚点了，一旁的大爷呼天抢地骂着娘。李小平可没这闲工夫。

作为一个每月回家一趟的大一新生，他早就习惯了这晚点的绿皮火车。谁让咱是小县城，纳不进省城的城市圈，只能眼巴巴地看着同学们乘上高铁，比自己早到学校。

该死的城市圈，该死的朋友圈！

李小平终归忍不住了，边刷着朋友圈，边开始吐槽。

心里不爽，就要喷，是李小平这一代年轻人的行为标准。

同寝室的胖子新买了一双阿迪跑鞋，亮闪闪的流线型跑鞋正在朋友圈里耀武扬威，点赞的都过百了。

这也不为过，要说显摆利器，当然还数上个月刚刚发布的 iPhone7。这不，动动手指头的工夫，李小平便看见了梁小红自拍的一个小视频。瞧这家伙，腱鞘炎刚治好呢，就又开始通关计划了。

难不成想上天。

在一车的抱怨声中，李小平拖着大包小包的行李，回到学校。

有那么点心累，又穿插着些许心慌。

长途颠簸之下，累，是必然的。心慌来源于哪呢，睡眠不足，还是不想上课？

坦白说，这都不是原因，又构成了某些原因。话有点绕。

简单地形容吧，李小平就是一个瞻前顾后的人。

别太把事当事了！室友胖子不止一次劝过他。

每次谈话都无疾而终。

举个不恰当的例子，李小平的心慌就如同女同学每月的例假一样，每个月都要来上那么一回。

这不，“心”朋友又造访了。确切点说，造访的时间是刚进校门那一瞬间。

校门口摆了一摞的广告牌，他用余光扫了一眼，牌子是为即将举办的秋季运动会造势。

李小平只记住了踊跃参与这四个大字。

果不其然，晚自习开班会，辅导员冲着班里为数不多的男生打起了算盘，在辅导员的种种威逼利诱之下，除了李小平以外，七个男同胞全部被迫入了网。

小平同学呀，你为什么不参加？

下了课，辅导员将李小平单独约进了办公室，李小平也聪明，拿着学校的话就进行了反驳。

宣传牌上不是写了吗？踊跃参与。

你就甘心当最不踊跃的那一个？

不知道是被这句话击中了，还是男性特有的荷尔蒙一瞬间被引燃了，李小平的名字就出现在了运动会的花名册上。

无独有偶。

李小平出门便接到了母亲打来的电话，没什么要交代的，无非是不要剧烈运动，不要心慌、瞎逞能之类千篇一律的话。挂断电话的那一刻李小平才猛然发现，他的心似乎已经开始慌了。

管它呢，先顾眼前吧。

距离运动会只有半个月的时间，临阵磨枪总也得磨磨不是。从那天晚上开始，李小平拉起胖子、梁小红和吴晓斌杀进了操场，每晚十圈跑下来，速度倒也见长了些。

李小平不满足，作为一个具有前瞻性的 18 岁成年人，要干，就干第一。万一到时候比赛冒出几个跟刘翔一样的野人来怎么办？心慌的李小平迅速打开淘宝，网购了一些运动型维生素。

秋季运动会的哨声在满怀期待中吹响了。

站在跑道边的李小平一改往日的焦虑，迎着瑟瑟的秋风，他和室友们谈笑风生，完全不是大伙印象里那个瞻前顾后、遇上事就爱心慌的孩子。

看好啦，就等着我第一个凯旋吧。

说完这话，李小平蹲地起身，标准的起跑姿势像极了非洲草原上的猎豹。

砰！号令枪声响起，李小平的画面却定格了，有一个瞬间李小平甚至怀疑自己是不是在做梦，他用手掐了掐脸蛋，发现自己动弹不了。

那个瞬间李小平的心口似乎被子弹击中了，心跳剧烈加速。

有风，灌进了他的耳朵里，母亲每次欲言又止着，被李小平撇在秋风里的那句话，此刻居然如此的清晰。

心慌不是病，慌起来却能出大乱子的。儿子呀，去到学校没有父母陪在身边，遇事可千万不能着急逞能呀！这……这心律失常可是会要人命的呀！

在医学中，心律失常通常被归为心脏病中最严重的一种。

这才对头

快靠近教学楼的时候，田小壮打了一串长长的喷嚏，倒不是因为风寒、感冒。来不及解释了，田小壮将多余的喷嚏给收了回去。

总得先见到对头再说吧。

对头？

请注意，此对头非彼对头，至少在此刻，对头并非词典里那个和死字沾关系的词语。在田小壮的家乡，对头就是能对上话的人。

一点矛盾，还不至于和死字扯上关系。

不知是何时起的风，吹得人鼻子直犯痒，上一串喷嚏没收回去呢，下一串就跑马灯似的跟着溜了出来。

不好受。

不好受的又岂止是田小壮！

你这一天天的，咋就净爱给我惹些是非，上月从宿舍窗户乱泼脏水的事，还没找你算账呢。

辅导员小吕不耐烦了，作为一个比手下学生大不了多少的年轻辅导员，他实在是应付不过来手上的这把烂摊子。在他眼里，五十多号学生如同一副扑克牌，该怎么出牌，怎么双赢，诸多问题的难度严重超过了读研时最大的坎儿——毕业论文。

在你之前，你的室友们已经来过了，不是恶人先告状啊，你别误会。辅导员舒了口气，这么跟你讲吧，小壮，胖子他们几个认为你在为人处世方面，略微有点不妥。

略微？

田小壮不傻，辅导员嘴里的略微二字蹦出时，分明是拉长并打了引号的，就像田小壮现在肿胀的额头上紧贴着的云南白药创可贴。

他们凭什么打我？

凭什么？太不对头了。

想想就来气！

再气，也还要在辅导员面前将事情的经过复述一遍。田小壮握紧拳头的同时瞅了一眼窗外，窗外北风呼号，比来时还要暴戾。

大学之前，田小壮是个对大学生活又喜又怕的人，喜的是努力这么多年，终于进入了理想中的学府；怕的一面则比较有趣了，居然跟宿舍有关。

人生十七年，他从没住过宿舍。仅有的一次宿舍之旅还是高中毕业，他去宿舍帮班上住读生收拾行李。

碰见坏室友怎么办？室友不待见怎么办？高考后的两月里，这两个问号一直揪着田小壮的心。

事实证明，田小壮做了会穿越版的杞人。

作为最后一个进入539的人，五个室友表现出了他们足够的善意和担待，扛行李，铺床，帮忙办水卡。田小壮过意不下拿起扫帚准备四处扫扫时，也给室友胖子一把夺走了。

前山走到后山多累呀，放着我来。

这不挺好嘛，辅导员把玩着手上的中性笔，不解与疑惑刻满了他那张稚气未脱的脸。

他们怎么会打你呢?

疑惑的不仅是辅导员。窗户被风扯得剧烈抖动起来，田小壮脑海里过电影似的，再版起两周前的那一幕。

雨，在凌晨时淅淅沥沥下着。据专家研究，天气的因素是会影响人心情的，导火线就是在那种情绪下悄悄引燃的。

下雨天不出门是大学生不成文的规矩。室友汪琦趴在床上打了整整四小时的游戏，连眼皮都不带眨一下。中饭饭点了，出于关心，田小壮凑上前去，把自己的手机放到了汪琦的面前。

吃什么，你自己点吧。

饿了么软件反射出的蓝光，打在汪琦脸上。出人意料的，汪琦并没有露出感谢的言辞，而是从嘴里吐出一个字。

滚!

不对头呀，我明明是让他点饭，怎么他就生气了，真搞不懂。田小壮说着，不无委屈地哭了。辅导员起身，将本就紧闭的落地窗帘封得更严实。

昨晚上我看群消息，选修课快结业了，不把选修课视频看完拿不到相应的学分，就趁他们出去买水时，帮他们一个个的退了游戏，好让手机放选修课。

难怪!

辅导员的难怪两个字拖得比之前的略微还要长。你知道吗，现在学生流行玩的游戏，都是不能中途退出的，退出就会被禁赛。在很多学生心目中，禁赛比拿不拿得到学分更重要。

……

那，还真是我，做错了？

良久的沉默过后，田小壮将攥紧的拳头放松，右手恢复为巴掌模样，起身，朝办公室门口走去，步子里比来时要多了几分颓丧。

门，却意外打开了。打开的刹那，田小壮伸手挡住自己的额头，别打我！下意识的三个字脱口而出。

不不，小壮，这不对头。

汪琦边说着边走上前来，田小壮被胖子肥硕的手臂一把搂住。你对我们这么好，我们爱你还来不及呢！

爱我？太不对头吧？

这才对头呢。多亏了辅导员这个暗中对质的英明手法，得以化解我们之间的这点小矛盾。说话间，汪琦拍了拍田小壮的背，把一瓶云南白药塞到他手上。

辅导员？暗中对质？回头望去，小吕伸手打开了紧闭的落地窗户。

窗外已是云霞万里，艳阳满天！

你们看看，这才对头嘛。

警察故事

说逞强，结论下得还有点儿为时尚早，至少在当下，李志宇不认为自己是个善于逞强的人，他仅仅希望自个儿的性子里能沾染上些许的逞强。

毕竟是男人，将来是要成大事的。老话说得好，成大事者不拘小节。小节在血气方刚的李志宇看来，不外乎是讲点狠气。

讲狠气？

室友吴晓斌一脸的茫然。

就是逞强的意思，我们老家这么个说道，方言，方言。

李志宇一边解释，一边用比自己思维跳跃还欢的火点燃了烟。

出门在外，你要记住两句话，不惹事，不怕事。你这么大该懂了，我也就不多解释了。还有一句是你任何时候都不能忘的，别逞强！

不要以为自己是成龙，银幕里肯处处替人两肋插刀的硬汉，只有他一个。

逞强能有啥好处，常咬架的狗落不到一张好皮……

说这话的人此刻纵然能想起来也离李志宇很遥远了，唯一能将二者关联起来的，就是手上这根刚燃起来的香烟。

老爸爱抽烟，李志宇打小就知道。

老爸孬，李志宇却是后来才知道的。

教育学家得出过结论，小孩的启蒙阶段一般在三岁至七岁，应了那句老话，三岁看小，七岁看老。所以说，李志宇从小就被父母强行灌输各种正能量的思想。

谁家父母不都希望孩子能成器。

偏偏，李志宇成长的道路，总是反其道而行之。

捉毛毛虫偷放进女同学的铅笔盒还算好的，这事小屁孩都干过。孩子的年龄越来越大了，父母才渐渐发现，管不住这件事，已经不是传闻了。

在街坊邻里的传闻里，他们的儿子在学校是一霸。

非学霸。

李志宇倒一直觉得自己是条好汉，这不，好汉总会吃眼前亏嘛！

来，你看看，我额头上这道疤就是当年人家找上门时给打下的痕迹。我爸当时屁都不敢放，真是孬种一个。

烟燃尽了，小小的寝室里只剩下了李志宇的感慨。打那以后，我还真是老实了好多，起码不会动不动讲狠了。

初秋的校园里遍布着凄凉和萧索的气息，准大学生李志宇走在这条每个晚自习都必经的路上，突然觉得寒气有点重了，下意识地打了个哆嗦。

抬头的瞬间，李志宇才发现，这哆嗦来得并不算突然。

和眼前正在发生的一幕相比。

校园昏暗的灯光下，一个混混正拿着刀，在被抓住的女孩身上乱摸。

狗日的，还敢跑到学校里面撒野了！李志宇的这声怒吼来得没有半点迟疑。

混混撒丫子就跑的脚步也没半点迟疑。

以至于当事人李志宇忽略了他跑之前的那三个字，你等着！

半年的时间如同流水一般，波澜不惊的就这么一浪浪翻过去。年底考完试，校园里就开始充斥着各种行李箱滑地而过的声音，照常理说，放假该多开心呀。

可什么事到了李志宇这儿就和常理背道而驰。

说穿了，他不想见到那个孬种老爸！

爸爸的电话却在这时打来了，很有点不知好歹的意思。

挂完电话才晓得，爸爸已经在火车站站口了，说是接他一起回家。

……

离火车进站还有一会儿工夫，李志宇拖着行李，焦急地寻找着同样在火车站里、电话始终处于无人接听状态的老爸，慌张中一抬头，火车站巨大的荧屏上正循环播放着成龙即将上映的电影《警察故事》的宣传片。

人群中抓小偷的声音也是在这个时候开始叫嚣起来的。

后来声音就渐渐变小，直至悄无声息，李志宇听旁边人议论，小偷被抓之前把人给捅了。

老爸的号码依旧属于无人接听。

车站广播已经提示进站候车了。

嘟——嘟……

喂，我是警察？

电话终于在嘟声后有人接听了，不过电话那头的声音和老爸无关，和老爸的念叨也无关，慌乱中李志宇只听清楚了电话那头的议论。

都这么大岁数的人了，还瞎逞哪门子的强哟，真以为自己是成龙？

警察故事，唬谁呢，我爸可是个实打实的孬种。挂完电话，李志宇打了个哆嗦，额头那块疤痕常年盘踞的部位破天荒渗出了两滴冷汗。

一声叹息

陈嫂用肥厚的双脚，费力地在浸水的拖把上踩了两下，总算是把这喝得饱饱的拖把给踩平实了，末了，对着卫生间的镜子瞅了一眼自己。

在镜中，她以叹气的方式结束了一天的工作。

虽说这叹息声很小，但凡是长个心眼的人都明白，正常人在正常情况下是绝不会叹气的。叹息这个词语在《现代汉语词典》里也算半个贬义词呢。

所以说当一个人开始没来由的唉声叹气时，她的情绪一定是失落的。

而失落，则一定是有了烦心事。

陈嫂迈着细碎的步子走出了卫生间，来到走廊，侧目扫描着来往的人群，心想，不会有人听见自己的叹气声吧。

一念及此，陈嫂那张被岁月侵蚀的老脸便迅速地泛起了阵阵红霞。

这是有心事的征兆。

陈嫂可不愿意让人知道她有心事，娘打小就告诫过的，再闹心的事也给我往肚子里放，放一放就消化了，免得让别人也跟着闹心。

撇开娘的训导，陈嫂怎么说也在大学里待了三年，晓得不把情绪传染给别人是做人的一种美德。

看看时间不早，学生们该回寝室的基本上也都回了，陈嫂伸了个懒腰，便窝在了门禁室的躺椅上，百无聊赖中，她划开了手机。

嘜，都大雪了呀！

在这一声惊叹之后发生的一切就像是条件反射。

陈嫂先是给学校领导打了个电话，问了几号放假，紧接着便划开12306的软件，开始查询去往老家的火车班次。

在手指一次次的滑动中，陈嫂再次叹了口气，相较于之前的那声叹息要长得多，也要有滋味得多。

在12306软件火红的背景中，两滴黄豆般大小的液体已将这屏幕里的红无限放大。

春运，咋就来得这么快呢？

放下手机的陈嫂，一遍遍思考着这个问题。

问题无解。

有钱没钱，回家过年。那之后的一个多星期里，陈嫂脑子里不时地就会响起这首歌，拖地的时候哼着，检查寝室卫生的时候哼着，甚至于和人聊天的时候也会哼着。分心了不是。

陈嫂，你这算心不在焉呢！最后，连保安六顺都看不下去陈嫂拖的地了。

鬼画符一样。

陈嫂能说什么呢，算起来，自己来到脚下这座城市打拼，已有三年的光景。在数以亿计的进城大军中，陈嫂算是幸运的，没有吃过工地上的苦，在同乡的推荐下，来到了这所大学，做起了宿管阿姨。

三年了，陈嫂一直都是乐呵呵的，像这几天的情形，还真是前所未有。

随着宿舍墙上贴满的招寒假工的广告，陈嫂知道，日子离春节是越来越近了，可就在这喜庆的日子里，闹心的事情接二连三。

全国的大学里接连发生了几起宿舍伤人事件，事件不仅将当事学校闹得满城风雨，也把别的学校搞得人心惶惶。

在接到所有管理人员留校的通知时，陈嫂几乎是崩溃的。

连那一声简单的叹息都被情绪给湮没了。

若换了刚进入职场的小年轻，估计头也不回地就要辞职回家去过年，对于陈嫂，宿管的工作太具诱惑力了。

她这个岁数的人，工地是干不动的，保姆行业则都被那些年轻的姑娘给牢牢攥在了手里。待在这里过年，无疑成了陈嫂眼下唯一的选择。

得，给孩子和老人打个电话，寄点礼物回去算了吧。闷闷不乐了一周后，陈嫂的心情总算有了些许好转。

宿舍里的学生越来越少，到处都是行李箱哐啷哐啷的声音。

大寒到来的那天，宿舍几乎已可以用人去楼空来形容。陈嫂和六顺忙着拖地，没有顾及走进寝室的人，直到一双皮鞋堵在两人跟前。

一抬头，是院里的程院长。你们俩不回家过年吗？

倒是想回，学校的通知您又不是不晓得。

哦！程院长突然愣了一下，问陈嫂，您是哪里人？

我，我是蕲春那边的。

嗨，都是农村来的，不容易。你俩都快收拾行李回去吧。

早就没票啦，陈嫂叹了口气。

傻哟，嫂子，你听听我的口音，是哪儿的？

你也是蕲春的？

对呀，都是老乡呀。快收拾行李一起走吧，我也正赶着回家过年呢。

这回倒是换成陈嫂愣了一下，抬头的片刻，她瞥见了一缕带着金边的阳光正透过云层，照射在宿舍前的大地上。

唉，大寒还能出太阳，真是出了稀奇。

又是一声叹息，不过六顺却听出来了，陈嫂这声叹息藏着掩饰不住的欢喜。

温纯的刀

不否认，女人的脸上是有过桃花的。

桃花灿烂，如日薄西山时特有的余晖，在玻璃镜片折射下，点缀着为数不多的光芒。

不刺眼，有引导与示好的意味。

还剩三天。时间隐藏在手臂上的腕表里，不急不快地走着。

橱窗前的林一峰定下脚步，余晖一片片散下，打在他身上，和先前女人脸上的桃花相同，有催促的意味，是不是示好他就不知道了？

他只知道，留给他的时间，不多了。

扶了扶镜框，玻璃橱窗里摆放的挂钟每转一圈，时间就像刀刻般划入他的皮下骨。刀锋利，林一峰的心里，一直都住着这样一把刀。

此刻，他悄悄将刀藏起，目光转向橱窗，眼神中重新透出一个少年应有的温和。

橱窗是精致的，从那里面传来的眼神也受到感应般温柔，也许是为了引导客人购买自家柜台上的物品，来收取提成而换做的温柔表象。

林一峰能理解，在每周一的市场营销课上，老师曾给他们讲过，在业内这叫刀背营销法，往白了说就是营销者把自己如刀尖的脾气收一收，藏起来，展示给顾客的永远是刀背般温纯的笑容。

女人的笑容真的不失为温纯。

相比之下，林一峰的笑容便有点窘迫了。他已经不是第一次经过这片橱窗，最远能搜索到的记忆停留在半个月之前。

不同的是，第一次并非经过，他是刻意进去的。

或者说，他是做好了足够的准备推门进去的。但他未曾料到，自己辛苦兼职赚的钱，与里面任何一件商品的价格都画不上等号。

更别提那套做工精良的剃须刀了。

那天推门而出的林一峰的脊背，在推开门的瞬间弓成了小于号（<），像一把本该出鞘却不得不藏入袖中的刀。

还剩三天，尽管隔着玻璃，林一峰仍能听见柜台上那把剃须刀的嗡嗡声——女人正在给客人试刀。

他低下头，用室友吴尽满嘴新潮的话形容，丧丧的。

说这话的吴尽正在刮胡子，那把拥有流线机身的电动剃须刀比魔术师还要神，眨眼工夫，吴尽脸上因为蓬勃生长的胡子而导致的邋遢、疲态全部消失了。林一峰知道它们的归处，胡楂的归处在那小小刀片下的罩子里。艳羡的目光收回，林一峰在那一刻清楚了自己努力的方向。

为了那套做工精良的剃须刀！他将刀轻轻地藏在心底，最柔软那一处。

大三的课程不多，推算好时间，和多数精力充沛的同学一样，林一峰加入了大学生兼职的行列。

是好事，学校鼓励学生这么做，相当于早一天踏入社会品尝生活的艰辛。纸上得来终觉浅，绝知此事要躬行嘛。

是好事，对林一峰这个出身于农村、从小靠父亲养育的单亲家庭来说，真的是好事。大一时他就为兼职的事情在电话里和父亲争执过。

父亲的老观点，坚持让他把精力都放在学习上。就算要补贴家用，也得等到大三。林一峰能够想象不修边幅、胡子拉碴的父亲土里刨钱汗珠子落地摔八瓣那种疲累和老态。

大三，林一峰很快就成为了店里最勤奋的外卖小哥，谁知道勤奋换来的不是褒奖与酬劳，而是辱骂。

只是晚送了十分钟而已，客户拒收，还向老板提出赔偿。堵车而耽误的十分钟，让他之前所有的努力都化作乌有，直接盈亏自负。

和营销课上导师讲的案例一样，自负盈亏。

心被堵了的林一峰站在橱窗外，路灯渐次暗下，恍如林一峰胸腔里那颗越来越暗的心。

风沙掠过，撒在他已多日不曾修理的脸上。城市就是如此，好的环境都只留给属于这里的人。不知怎的，他突然想到了昨晚在朋友圈里看到的这句话。

他只是想凭借自己的双手来赚取一套剃须刀呀。

显然，他是不属于城市的那一号人。抬起沉在腕表上的头，林一峰看见时间清晰滑过。嗡嗡的剃须刀马达声从橱窗里渐渐消散，已是打烊时间，女人正将剃须刀收进柜台里。

只剩两天了，过了今晚的话……

不管了，秋风拂过，林一峰蹙了蹙眉头，眉头如刀！

他推开玻璃门，逼近女人。

女人刚锁上柜台那把精致的锁，她没想到，自己的生命也将就此被锁上。

因为挣扎，女人的面孔变得绯红，倒真有了点桃花灿烂的味道。

林一峰的刀误入了桃花深处……

还剩两天！还剩两天就是父亲的五十岁生日了，五十知天命，林一峰想让父亲的面容显示出成年男子的坚毅，而不是被胡须潦草地遮蔽，一副丧丧的表情。

这么想着，脸上露出温纯笑容的林一峰将右手上的刀攥紧，左手顺带将来不及关闭的剃须刀藏进自己大衣的荷包里。

只剩下两天了，有嗡嗡的马达声自耳边传来。

电动剃须刀的声音就是温纯。

刺　头

行李箱比想象中要重，至少，在周澜手中提着的时候，是比想象中要重的。别误会，周澜可不懒，硬要和懒扯上点关系的话，恐怕也就是自己的外号了。

懒懒！

掷地有声的两个大字呢，嘿，这奇葩外号也是多亏了那帮室友。需要提醒一下，此处的多亏在周澜心里，是打着引号的。

埋怨的意味很浓。

此刻周澜的脑海里，外号引号什么的都不重要了，重要的是身后那个寸头。

跟着自己半小时有余了。

周澜又回头确认了一遍，寸头还是亦步亦趋跟在身后。寸头这种发型几乎是刺头的代名词，良善之辈的人是不会剪这种发型的。

理由很简单，这发型会让人的面目平添几分狰狞，谁脑子抽风了愿意让自己留个面目可憎的发型呀。

直觉告诉周澜，她被贼娃子给盯上了！

在周澜老家成都，小偷通常被人称为贼娃子。

遇事别慌，别怕，先冷静下来。周澜没来由的，想起了离家前爸爸的这句话，慌则乱这三个字，如一根来得及时的救命稻草，浮现在她的脑海中。

信老爸准没错，我爸可是人民警察呢。

人就是贱，周澜看着脚下行李箱滑过的道路，发出了阵阵自嘲的冷笑。

搁平时寝室里，只要她说出我爸是警察这五个字，三个室友便会一起来怼她。

要不是因为这事，她也不会离寝出走。

不都是气的？凭良心讲，在家里她哪受过这种气，在家里周澜可是个不折不扣的刁蛮小公主。

作为一个刚入学的大一菜鸟，周澜最直观的感受就是三个字：不适应。

不适应大一新生的军训，不适应每天蒙蒙亮就要上的早操，不适应迟到了仍要像高中一样被点名挨训，不适应寝室里的杂乱无章。

也是巧了，232 寝室刚好就是专为她的各种不适应而虚位以待的。

到寝室第一天晒被子，就和室友胖姐吵了起来，胖姐说我的被子上潮了，需要在采光好的那边晒，合情合理嘛。周澜可不服，吵到最后词穷了，只好搬出了自己的口头禅：我爸是警察，你们可不能这样欺负我！

到现在周澜仍清楚地记得胖姐那天略带嘲讽的笑声。自那以后，232 的火药味好像就没断过。

真正把周澜逼到离寝出走的，是一桩看似不起眼的小事。

上个周末，室友小慧要出去和男朋友约会，据那天唯一在场的马璐回忆，小慧起床之后才发现自己的口红用完了。

关键时候这也太掉链子了，急得小慧直挠头发。

没有口红的嘴唇，足以让这场原本完美的约会变得有瑕可掩瑜！

后来的事室友们也就都知道了，回了寝室的小慧被周澜拉住，要理论个清楚，凭啥动了她的口红。小慧恰好又是不善言辞的那类人，胖姐和马璐上前劝架，周澜仍是不依不饶的。

俨然一副刺头的模样！

再后来胖姐就动手推了周澜一下，看似强势的刺头周澜竟被推倒在地。

太丢人了，从未受过此等羞辱的周澜，扔下一句我爸是警察，你们给我等着之后便拖着行李箱气冲冲地出了寝室。

直奔火车站。

没承想半路上居然给贼娃子盯上了。我爸可是警察呀！

一想到身着笔挺制服、头戴大盖帽的老爸，周澜心中便沉下了气，拖着行李箱的步伐也开始恢复了正常。可最让她没想到的事还是发生了。

她走进了一条特别窄的小巷子，前一秒还光天化日之下呢，现在阳光却全部给巷子顶端的屋棚遮住了。

作为一个在警察家庭成长的孩子，周澜很清楚地意识到，贼娃子肯定要动手，这样天时地利人和的场景。

一回头，果然，刺头的大手已经伸向了自己的身体。

可是刺头的动作却在一瞬间凝固了，凝固的包括刺头狰狞的面部表情。

就在这一刻，昏暗的小巷突然间被照亮了，是手机闪光灯，扑朔迷离间，周澜的头被一双厚实的大手给抱住了。

同一时刻，那些熟悉的声音从耳边传来，你这个懒懒，一声不吭就走了，扔下我们姐几个。幸好小慧用微信找到了你的实时位置。

话还没说完呢，更大的灯光笼罩住了小巷，警车的鸣笛声很大。胖姐未说完的后半句话在被淹没之前，还是给周澜听清楚了。

这个小刺头呀，只准被我们姐几个欺负。

跟着是三姐妹一起嘲笑贼娃子的笑声，当我们白跟警察的女儿同寝了，跟我们玩儿刺头？

战　神

提到梁小红这三个字，百分之八十的人第一直觉自动调到女生这一栏，并朝着女生的话题奔去。

打脸了不是，梁小红是个男生，按他自己的话来说，纯爷们儿。

纯爷们梁小红年方十八，一头乌黑杂乱的头发栽在脑袋上，好像从未打理过，以至于他刚踏入这座高等学府时，竟被门卫大爷误认为是装修工人。

多尴尬。

尴尬着的梁小红觉得这并没有什么，人生嘛，无非就是一个不断出错不断完善的过程。冯巩大叔不也曾笑谈过吗，谁还不犯点错误呢。知错能改就 OK 啦！

没来到大学之前，梁小红脑袋里一直幻想着各式各样的大学生活，撩妹，吃喝，打游戏，高中三年没有接触过或是被强行叫停的东西，他都要在大学里一一体验一把。

梁小红人前人后这么唠叨着，先定个小目标，比如说，当战神，游戏打到 80 级。

还真别说，他的模样像极了抗日神剧里的男一号，再加上他那一头从不打理、任其自由生长的乱发，居然和最近上映的《湄公河行动》里的主人公彭于晏，有了百分之九十五的相似度。

80级，还战神，谁信呢？室友吴晓斌的脸上被涂抹出一脸鄙夷。

不信你看，这可是百度美图里面的功能，专门识别你的脸和明星的相似度。

午夜的寝室里，梁小红的手机屏幕在手中摇晃着，格外亮眼。窗外月光已悄然洒落。不修边幅的纯爷们梁小红一抬头，便看见了这道象征着天色渐晚的月光，他一个纵身，从床上跃起，本就不敦实的上下床发出了剧烈的颤抖。

你个龟儿子，以后就等着成键盘手吧。

胖子把掉在地上的被子捡起来，重新盖到身上。

键盘手？什么鬼？

梁小红说这话的时候，十指已经开始在电脑键盘上猛烈敲击，午夜的寝室里，清脆且有规律的声音此起彼伏。

次日凌晨，趴在桌前的梁小红醒来，抹了抹脸上的哈喇子，太阳光照射进寝室时他忽然发现，自己的右手上布满了密密麻麻的汗，正自疑惑呢，脑袋被人重重的拍了一下。

梁小红你来大学这么长时间，看看你才上了几节课！辅导员把画满红圈的考勤表啪地扔到了电脑桌上。

逃课，旷课，伪造病历请假，梁小红老老实实地回顾了一下开学以来的这几个月，自己的生活还真的都被这些不良表现所包围着。确切说是梁小红自己精心设计的。

你不是一直号称自己是纯爷们儿吗，有种你梁小红就把网瘾给戒了，让同学们看看，你不是娘炮孬种。

活跃的大学课堂因为梁小红，头一回变得这么严肃。

我是纯爷们儿，我戒！沉默了很久，很久，梁小红终究下了决心，不知道是因为激动还是什么，他的右手心又开始冒汗，以一种无休止的状态。

你可说了，要戒掉网瘾的。晚自习结束回到寝室，吴晓斌对着抠手的梁小红劈头就是一句。

当然啦，我可是纯爷们儿。

梁小红话虽豪气干云，但到了月色渐深的时候，他还是忍不住了，一双手只能薅草似的，在不修边幅的头皮上乱抓。

从黑夜到天明。

之后事实的进展也和他不修边幅的头发一样，梁小红到底没能坚持下来。逆水行舟不进则退，纯爷们儿梁小红回到键盘和鼠标的世界。

迟早有一天……你会得键盘手。

怎么会，打到80级就收手。我可是纯爷们儿。

梁小红沉浸在游戏里，那种杀人如切菜的气氛让他对周遭事物开启了自动屏蔽模式。

吃饭去啦，纯爷们儿。

梁小红起身，用闲着的左手揉了揉眼睛，走下楼的时候，刺眼的阳光打在他杂乱的头上，有些晕眩。

鸡排盖饭在期待中上桌了。

哼，都怪你们，非要拉我来吃什么饭，等了20分钟，你们不知道今天中午全服开赛吗，今天赢了，就可以升80级。

在梁小红的抱怨声中，胖子和吴晓斌默默地坐到了另一张桌子边。

喋喋不休的纯爷们儿梁小红这才闭嘴。人是铁饭是钢，吃饱了才有力气才有机会升上80级，梁小红去拿筷子准备开吃。

咦？

今天的筷子格外团结，他居然无法将合体的方便筷掰开了。

右手像是失去了控制，传说中的键盘手？

纯爷们梁小红看着自己不受控制冒汗不止的手心，突然生出了一脸的尴尬表情。

那表情事后经胖子转播，医院诊断书上腱鞘炎三个字，让梁小红像个女孩一样花容失色，有那么点纯娘们儿。

痘　印

吴晓斌照镜子的时候，发现嘴角下方有一块鼓起的小山丘，难怪刚刚洗脸时会有那么一丝阵痛，元凶藏在这里。

他边抱怨，边用指甲去挤压。

指甲锋利，不一会小山丘就瘪了下来，吴晓斌对着镜子里的自己看了看，并没有想象中的满意。

痘是挤掉了，红肿的印记还在，就像国际新闻里动不动就上街游行的群众。

明目张胆的示威呢。

这应该是青春赐予我们的烙印。仿佛是看穿了吴晓斌的心思，室友李壮安慰着，顺手还递上了一瓶名牌洗面奶。

兄弟拿着，别说我没告诉你，这可是本季度最……

没等话说完，吴晓斌“啪”一声带上门地走出寝室，只剩下走廊的穿堂风吹动着左右摇晃的门。

这货最近吃枪药啦？

李壮满脸的疑惑。

可以证明的是，吴晓斌并没有吃枪药，作为一个和平年代的大学生，他连枪药长啥样都不知道。他吃了一种比枪药更为痛苦的玩意。

别瞎想，绝不是毒品。是气，吴晓斌生了一肚子气！

大学生嘛，如果硬要追究生气的源头，多半来自恋爱和课堂。

课堂令人厌恶，恋爱让人纠结。

吴晓斌的烦恼来自课堂。

初秋的冷风席卷着地上的树叶，朝着不知名的远方飞去，吴晓斌顺着路灯微弱的冷光，来到了校园的林荫大道。是夜，夜已经深得有些怕人了。

路灯微弱的灯光下，吴晓斌掏出手机，又放回手机，这样的动作他大概做了有五遍，终于，在第六次的时候，他下了决心。

妈你睡了吗?

还没呢。

透过电话那端嘈杂的声音，吴晓斌大概猜到了，母亲现在正慌忙地从床上爬起来，整理着疲倦的身体。

吴晓斌的母亲是小镇的服装厂职工，通俗点讲，就是人们口中的流水线三班倒。一般这个点，母亲已经睡了，可也只能是这个迷迷糊糊的点，吴晓斌才敢给母亲打电话。

你和爸爸都还好吧。

好着呢。你在那边读书可千万别刻薄自己呀，该吃的吃，该玩的要玩。

妈，吴晓斌看了一眼路边的白桦树，说道，老师让我们买一套化妆品，因为我们酒店管理这个专业，需要学习化妆。

……

电话那头陷入了沉默。

半晌过后，母亲的声音又断断续续的传了出来，你放心，钱一定打给你。

妈，后天就要交钱了，你抓紧点！吴晓斌赶在母亲的回话前，挂断电话。

之前的吴晓斌一直认为在大学里，是花不了多少钱的，无非一日三餐，真进入了大学他才发现，一张红版的毛爷爷被拆开后，化整为零也就是一瞬间。

往深了说，是攀比心理在作怪。

回到寝室，吴晓斌无法安然入梦，他发现嘴角的痘痘更加痛了，估计是挤的力度过于大了。

一想到明天银行卡里就有钱了，好心情就自动地淹没了嘴角的痛感。

嘿，能买化妆品给苏苏了。苏苏可是念叨了半个多月呢！

苏苏的院系里不乏富二代、官二代，这些人看见系花居然被一个普通家庭的小子给撩走了，眼馋着呢。化妆品这件事可不能含糊，苏苏的要求在某一方面是吴晓斌沉重的巨石。

可也是吴晓斌骄傲的资本。

哼，她咋就不要你们的呢？

当吴晓斌整理好行头，提着一袋本季度最新款化妆品站在苏苏宿舍楼前时，他无疑是自信的，昂首挺胸。

你咋这么贴心！苏苏把袋子里的化妆品翻过来翻过去看，一脸显山露水的幸福，很贵吧？

能比咱们之间的感情珍贵？

你可真会说话。快帮我拿着，我要发一个朋友圈炫一下。苏苏熟练地划开手机，刚进入微信，腾讯新闻就嗖一声弹了出来，是条热点新闻。

“小镇母亲为了尽快筹齐儿子的学费，去黑市卖血，结果染上了 AIDS 综合征。”

AIDS 是什么意思呀？

吴晓斌看着新闻里的当事人照片，漫不经心地问。

幸好有我这个英语六级的女友罩着你，悄悄告诉你，AIDS 可不是啥好东西，就是艾滋！

艾滋？吴晓斌吓得舌头收不回去，落在痘印那干舔着。

看你，天天吃泡面，嘴角长出这么大一个痘，傻不？

吴晓斌的确傻了，死死盯着苏苏的手机屏幕。离家这么长时间，他和母亲这个字眼，头一回挨得这么近。

嘴角的阵痛如潮水般袭来……

哭　砂

飞沙靠近城市的时候，邱寒正在漱口。因为昨夜那莫名的兴奋，在镜中，可以看见她脸上夹带着些许膨胀和臃肿，但不要紧，在化妆品的遮掩下，一切瑕疵都不足为惧的。

年轻人嘛，哪来的畏惧可言。就算沙尘遍布又如何？

她瞥了眼窗外，转而将视线收回，安静地打量着镜子里的另一个她。

镜子是精致的，轻轻抬一下右手，化妆品的暗格便被打开，像是熟悉暗语的精灵。对于化妆之道，邱寒不敢说太了解，毕竟，她还年轻，和那些步入红尘的女人不同。

两者是没有可比性的。

粉扑，BB 霜，打底液，眉笔，所有与美相关的事物都安详地躺在化妆盒里。不太了解并不等同于不会，邱寒对着镜子看了一眼，一想到待会儿这些散发着香味的物什即将涂抹在自己脸上，她的那颗小心脏便止不住地雀跃起来。

雀跃着，居然有了第一次化妆时那种做贼的感觉。

第一次化妆，无疑是个久远的话题了，按现在的话来讲，是十分具有年代感的。应该是初中时候，对，第一次化妆也是因为他。

那个泛黄的画面，邱寒至今仍然清楚地记得，就像窗外同样泛黄的天气。

嘿嘿，自己下手也是够狠，到最后活脱脱画成了个小花猫。

十年过去，再次相遇，邱寒自然是抑制不住内心的激动，换旁人或许更加紧张吧。不自觉地，她轻轻哼唱起那首《哭砂》，不自觉地，手中的眉笔偏了锋。

糟糕，边抱怨，她边熟练地掏出卸妆纸，轻轻拭去了这条走了歪路的眉毛。

歪路？

下意识地，这个词语飘进了她的脑海里。这是母亲和室友最爱在她耳边念叨的词语。

追我自己喜欢的人碍着你们了吗？

邱寒撇撇嘴，走自己的路让他们说去吧。费了半天劲，总算是把这项浩大的面部工程给修复完成了。她喜欢修复这两个字，虽然她并不大喜欢这个词的始作俑者——那个成天把化妆、追星有害论挂在嘴边的老师。

她也不喜欢这半个月来的天气。

“大风已到珠海港，这阵风团会夹带着黄沙与降雨降临，作为登陆小城的见面礼。”气象台的播报显然有一股自嘲的味道，不是针对谁。

邱寒还是觉察到了些许恶意，一口长岛冰茶卡在唇齿之间，讨厌二字被迫堵在胸口。

千万不要因为这鬼天气，你就不来呀。千万千万，邱寒暗暗祈祷，透过咖啡厅巨大的透明落地窗，一树梧桐叶正在凄凉的秋风中缓缓下坠。邱寒的座位紧靠露天阳台，她是可以感受到这种凄凉的。

与此同时，《哭砂》的音乐响起——是手机特别提示的铃声，不用想更不用看，邱寒就知道是学校发的消息。真搞不懂，都大学生了，旷旷课怎么了？

有句话说了，不旷课的青春是残缺的，是遗憾的，书法作品都还有残缺美一说。好不容易能和他见上一面，文艺点说就是十年之约，邱寒可不想抱有遗憾。

合上手机，《哭砂》的音乐渐渐退去，窗外的风声却一波接一波地涌上前来。天黄得如此惨淡，和上月相比，仿佛换了一个人间。

屋内亦是如此。随着时间的推移，咖啡厅的素雅恬静终被慕名而来的人潮打破，人潮的势头甚至盖过了即将席卷小城的风沙。每个人手中都举着同样的闪光牌。

牌上尽是他的名字。

的确，在她们眼中，风沙是敌不过她们心中那个他的。她们此行的目的和邱寒一样，不管窗外的天气再坏，能见到他，听他唱完那首红透半边天的《哭砂》，她们就知足了。

熟悉的声音再次响起，这次不是铃声。

来了！

邱寒的目光牢牢锁定窗外那辆高档轿车。尽管黄沙已然遍布了整个世界，还是掩盖不了那个熟悉的声音，对，是他，《哭砂》的本尊，在场者意识到这一点后无不激动，痛哭。

邱寒理智地拿起手机，她要穿过人潮，与朝思暮想的他合影。她仿佛预见了他单独留给自己的亲切微笑。

但她疏忽了一点，她所在的阳台，是二楼！

最终，画面定格于她充血的瞳孔。缘于沙尘的影响，救护车来得晚了些，那辆高档轿车早已经走了，前后不过十分钟。二者唯一同步的动作是摇头，止不住地摇头……

“晦气呀，这鬼天气，还有那个比沙尘更可怕的疯学生。看样子我的演唱会是真没赶上好时候，走上歪路了。”

次日凌晨，最新的城市气象消息播出后，插入了一条本地新闻：歌手××单方面宣布，因为沙尘等各种不良因素，《哭砂》巡回演唱会暂时停止。

是否也包含女粉丝的意外死亡呢？咖啡厅的巨幕电视里，主持人和两个评论员热烈讨论着。

窗外，带着哭腔的黄沙正漫天袭来。

南　墙

霾如衣，穿上了就脱不下来。林巧瞥了眼远处的天空，呈晦暗色，似拉起的大幕。阴影成功地取缔了光明，晋升为整座城市的主旋律。PM2.5严重超标，能见度不足一百米。

新闻里是这么说的。

能见度不足一百米，这是铁打的事实，不否认还余有谦虚的成分。新闻嘛，和上了年纪的怨妇相同，爱抱怨，却又总能及时收敛，守口如瓶。

不像这漫天张扬的霾。

再次抬头时，雾霾更浓了，如一堵墙，结结实实地封住往返之路，叫人别无选择。

林巧只好从包里掏出口罩，乖乖地把自己的嘴封住。

口罩是上月刚买的，粉红款适合她这类小女生。女生！小心翼翼地戴上后，回忆，竟也连上了片似的慢慢浮现起来，在这个雾霾如衣的早晨，显得一点儿也不小心翼翼。

女生！特别是你们这个处于特殊年龄段的女生，各人的保养措施一定要做好。别看窗外阳光灿烂的，灿烂里藏着多少腐朽你知道吗？单就雾霾一项，你们自己去手机上翻新闻吧。

连小白鼠都能活活吸死呢，何况是人。无知者无畏呀，你们真是不见黄河心不死，不撞南墙不回头。

合上手机，林巧才突然意识到自己的处境是如此危险，难怪最近皮肤是越来越差了，敢情是天气给闹的，可不能忽视，不能像老师口中说的那样，傻傻地去撞南墙。

口罩戴好，呼吸到的空气随着脚下步伐的加快，似乎也真的干净通透了许多。快跑五分钟休息一分钟，十分钟算一个周期，如此循环下去，倒真有种回到十八岁的感觉。

十八岁，多么美好的年龄，这令林巧常常觉得往事不可追，但转念一想，姜不还是老的辣嘛，姐大的不是年龄，是阅历，是比你们多出数倍的舞台经验。

在排练厅，林巧经常用这样居高临下的口气训斥着新生社员。

不曾料到，自己也会轮到被人训斥的一天。

是上妆时发生的事。林巧有个习惯，每日例行的晨跑后，便要提前来到剧社的排练厅补妆，那天也是奇怪，抹匀的粉底液愣是打不到脸上，上不了妆，理所当然的就上不了台，误了演出，谁负责？学院的领导都坐在台下呢，就等着舞台剧《南墙》在音乐声中候场。

良久，倒是候到了林巧的放声啼哭。

戏比天大，尽管林巧只是大学里一个微不足道的小剧社的社长，但她也深知此中道理。一个上不了妆的演员是不能上场的，那是对舞台的不尊重。你二十我们十八，你就是老了，阅历管什么用？

新生的话像逼宫，连珠炮一般，不给林巧丝毫还嘴的机会。

林巧又岂是低头之人，干脆，就来个不撞南墙不回头。毕竟《南墙》这部剧是林巧的心血，主演必须得是自己。

必须！

林巧的眼神立在那里，比雾霾还要坚定和辽阔，如一堵墙。

这年头动刀子的人不少呢，在闺蜜的推荐下，手术进行得异常顺利，不顾父母的反对，事实证明她的选择是对的。从医院出来后，她整个人好像真回到了十八九岁的年龄，事情的发展亦在意料之中。

如剧场外持续走高的霾。

剧场内，大幕再一次拉起，《南墙》如约出现，掌声中，林巧入场。这是舞台重新回到林巧手中的第五场汇报演出，不出意外的话，本场结束后，《南墙》会顺利地进入全省舞台剧决赛。

她要将这个机会紧紧地攥住。

似乎，黄灿灿的奖杯已攥在手中！

不，不能用似乎来形容，那是一种真切的黄，那种黄，较之于雾霾更盛，却比雾霾的伤害来的要直接得多。那种黄，逐渐将林巧的瞳孔覆盖。

覆盖，如最后一幕中，林巧饰演的巧心，机关算尽，走投无路下撞上南墙！

好一个撞。大幕拉起，领导带头拍起巴掌，演得好，逼真！

后台就更逼真了，像红虫子一般汩汩涌出的血在幕布后流了一地，林巧抚摸着自己不知为何破了线的眼角，突然，手机响了，一枚硬币落地的声音。

是母亲发来的微信。

巧，你是瘢痕体质，打小担心你害怕，没告诉你。千万不能去动刀子呀，瘢痕体质的人，伤口会在愈合后逐渐扩大，严重时还会丧失运动功能！

丧失？林巧的手在虚空里晃了一下，像是要努力攥住什么，终了，却什么也没攥住。虚空下，只有 PM2.5 筑成的墙仍牢牢地锁住人们的视线。

墙外雾霾如一，如衣。

反　噬

反噬？

虽不是第一次听说，我还是愣了半晌，过了好一会儿才在她冰冷的语气里回过神来。

反噬，顾名思义就是反向吞噬的意思。你看你这眼睫毛，净往内钻，不是反噬是啥？

老毛病，老毛病了。我打着趣，任由她手中那冰凉如剑的镊子在眼皮缝间自由穿梭。

老毛病？你之前可不这样。

质问使镊子的动作产生了颤意，留点心，弄瞎了我看你后半辈子怎么过。

抱怨中我挪了挪身形，紧靠椅背的背脊间刚刚冒出的冷汗，此刻正待挥发。

这空当我望了眼窗外，可以看到的是，屋外比屋内要好，明月挂在柳梢，街上的行人不慌不忙地穿过马路，正是一天下来最为闲暇的时刻。

可屋内，却充斥着冷清。

怎么就没有点生意呢？心头刚涌起的那点岁月静好的温馨，被她声情并茂的哀怨给打散。的确，怎么会没有一点生意呢，想当初我和她盘下这块地皮的时候，算盘可是打得稳稳的呀。

完全没理由如此冷清，地处闹市，毗邻大学学府，女友学的是全套眼科护理，不是都说眼镜店赚钱嘛。早知今日，我当初何必把当辅导员辛辛苦苦赚来的工资兑换成冷清二字呢？

看来生活真的开始反噬于我了。

瞪大眼望着托盘里拔下的五根倒睫毛，我的心情由多云开始逐渐转阴，女友说得一点儿都没错，之前我可不这样。

如果按此速度发展下去，看似不起眼的疾病一定会影响到正常生活的！

闹心不是?!

不过退而求其次，相比之下脑海中那件原本棘手的事，此际居然变得无比轻松，以至于我发出了两声冷笑。

发自肺腑的那种。

疯了？女友收拾好镊子和托盘，一双手却仍没闲住，边嗔怒边给我做起了头部按摩。在她娴熟的手法下，这些天学校里发生的那些糟心事想起来居然也没有那么糟心了。

得从上月那场车祸说起。

本来是件不足挂齿的小事，皮外伤，人没有伤筋动骨，偏偏出车祸的是个学生，恰好又是我班上的学生。说上天这些都不重要，要命的是学生是在兼职送外卖的路上出的车祸！

顺理成章，那场车祸成了所有事故的开端。

我是个近人情的辅导员，学生做兼职赚零花钱的行为我是不反对的，总比窝在寝室打网游好吧。但学校不这么认为，校领导的训斥至今还在我耳边嗡嗡作响，传说中的绕梁三日啊。

学生是来学习，不是来打工的，你这么做，只会造成反噬，反噬懂不？你所以为的好到最后都会被反方向吞噬。

事已至此，当然懂，很顺利，我给在外兼职的同学一一下了召回令。学生名单上没画钩的唯有刘静一人。

我可不想她成为我年终奖路上的绊脚石，拿到今年的年终奖，我就能顺利地买上钻戒跟女友求婚了！

天马行空般想着，我偷偷瞅了女友一眼。此刻，因为微笑带来的鱼尾纹正在她眼角绽放，在外打拼十年，我们都不年轻了……

而刘静，我亦有所耳闻，早些时候她的父亲突然患病，卧病在医院，靠她送外卖补贴家用。这孩子倒也老实，不知道向我反映。她的条件是完全可以申请助学金和贫困生补贴的。

不过我已经提前帮她申请到了，为的就是不虚此行，劝她安心去学习。

想到这，我下意识地掏出了手机。

半小时前在同城上订的那束康乃馨，居然还没往医院发过去！

让一个卧床在医院的父亲感受一下什么是喜气临门竟那么难？

快步钻入车中，在紧握方向盘之前，我使劲地按了三下催单，并留言店主如不按时送到会给差评。

反噬？

呵呵，我冷笑起来，哪有什么所谓的反噬，所有的坏心情似乎都跟随着车窗外的冷风散走，加大油门，车朝着更光明的前方驶去。到医院后跟学生父亲报喜的措辞，在我心间不晓得循环了多少遍。

许是激动，我揉了揉因倒睫毛拔掉而变得异常透风的眼睛。

……

就在那一刻，一个蹬着电动外卖车的女孩如赶命般加塞到了车的前头，手刹脚刹并用，一切，都来不及了。

当真是反噬吗？

透过破碎的车窗，我嗅到了一股浓郁的花香，是康乃馨的味道，同一时刻袭上鼻子的，是浓烈的血腥气！

当真是反噬。

警报声扬起，我用残存的余光瞥了眼窗外倒地的女孩，花，仍在女孩的怀抱里，怀抱却是僵硬的。

我颤抖着，牙齿撞击发出的咯咯声很迅猛地变作无声的抽泣。

苦　柚

作为深秋的夜色，今天还算完美。月亮高挂在街的尽头，像人们常说的圆盘，也如一个橱窗里展示的蛋糕。

夜色清凉，并不刺骨，让人不由滋生被温暖一把的念头。

温暖？

黄小线倒真没有察觉到一分一毫，在她心头，温暖压根儿不存在。

眼下，存在的只有愤怒，以及愤怒里掺杂的些许忧伤——还是来迟了一步。望着清冷的街头，黄小线的语气亦变得萧索起来，是不是和古人一样怀抱着寂寥呢？

不知道。

黄小线只晓得，这个点本该是灯火通明夜阑珊的，怎么就曲终人散了？难道连整条街都想和自己作对？

真有点作对的意思，抬腕看表的瞬间，一股刺鼻的气味扑面而来，黄小线赶紧将目光从表盘上撤离。与此同时，她的脚步也迅速地向后退去。

拾荒也不挑个点，呸呸呸！她狠狠地瞪了那布袋老人一眼，随即将口罩拉上。

搁平时黄小线不这样，她算得是这一代大学生中仍向往着善良的最后一批人，问题是，谁还没有个烦心的时候。

见多不怪，老人回了一个略带苦涩的微笑，弯下腰欣喜地把手探向脚下。

拾起的并非塑料垃圾，是柚子皮。剥开后呈球体状的柚子皮，张开了怀抱等着老人来捡，风干后的柚子皮像极了老人沟壑重重的脸。

尽管街灯偏暗，黄小线依然能看得真切。

老人的脸，风干的柚子皮之间仿佛滋生出一种温暖。

一念及此，黄小线的脑海里便浮现出各种温暖记忆，记忆需要反复回忆和温习。

而现在，黄小线的温暖记忆仿佛街上片片剥开的柚子皮，散于秋风中，任黑夜与落雨侵蚀殆尽。

到底来迟了一步。

黄小线边捯饬着额头上刚做的空气刘海儿，边望摊兴叹。按理说没多少人爱吃柚子的呀，那么厚的果皮，剥开后一丁点的果肉，遇上甜的还好，遇上苦的，呸呸呸。

室友苏曼每次遇上她吃柚子，总会扔出这段话来，并会将呸呸呸三字的语气刻意拉长。

寝室本有的甜蜜应该就是从这刻意拉长的语调开始，逐渐变疏远的吧。

想想就烧心。捂着疼痛的腮帮，黄小线脑海中原本的计划全部给打乱了。还真是上火了，在校医务室检查过，医生坚持要开药，被黄小线加倍的坚持给推了回去。

上火而已，食疗就足够了，不过是吃几个甜中带苦的柚子嘛。

待她马不停蹄地赶到学校门口时，那本该存在的水果摊位却消失了，唯有身上气味刺鼻的拾荒老人在昏暗的灯光下摸索。

早都卖完了，今天苦柚销得特别好。小姑娘，你等明天再来吧。说话间，拾荒老人的布袋已被苦柚皮塞满。

明天？

黄小线可不想一觉睡醒后，捂着肿胀的左脸给寝室那帮人当笑话看。她的心如一颗剥开的苦柚，在秋风中喷溅起苦涩回忆。

寝室六个姑娘，六朵金花，在刚开学时便约定好相互庆祝生日，一月，二月，三月，四月，五月，都过得好生欢喜，唯独到了自己，这个下半年相隔数月后的秋季，大伙如同集体失忆一般，忘了个一干二净。

连句祝福都没有，更别提啥蛋糕了、许愿了。

哼，没有人庆祝自己也要活出彩，后来呢，彩没活出来倒把火气给硬生生逼出来了，似乎是所有人都在跟自己作对，到头来，连颗疗伤的苦柚都和自己无缘。

一场秋风一场凉，黄小线将密集如针线的怒气收起，沮丧地往回走。

是快到寝室时听见她们打闹声的，捂着脸进门，黄小线的腮帮子似乎更痛了。她实在是不明白，不过年不过节又不放假的，她们为什么笑得这么开心。

难道是嘲笑自己？

坐在床上，黄小线莫名地怀念起那些温暖的日子，那些一颗苦柚分着吃的日子，那些把剥开的柚子皮捂在头上送彼此怀抱的日子。正想着呢，她的脸突然被一双手捂住。

手掌温暖，像一个迷你版的怀抱。

睁开眼时，眼前发生的一切却一点都不迷你……

那是一颗巨大的红柚，红柚下方的爱心底座是各色奶油制成的，显然，很费了些心思。

傻瓜，你的生日我们怎么会忘。

平日里爱怼人的苏芒伸出手，戳戳黄小线的额头。室友吴晗接着解释道，早知道你喜欢吃苦柚。可你知道吗，正宗的红柚是要等打霜过后才变得好吃的，苦中带甜，所以说才等到今天啊。

听谁说的？黄小线抹了抹激动的泪水，脸上写满了疑问。

还能听谁说，当然是那个每次在水果摊位帮我们打扫战场的布袋老人啊。爸爸从小就告诉我，要听老人言呢。不信你尝尝这柚子，可甜了！

还真是甜！

吞下满满一大口红柚的刹那，黄小线顿时觉得牙龈的疼痛消散了很多，被甜蜜覆盖了。

与之同时袭来的，是自己呸呸呸后，拾荒老人沟壑重重的脸上，那略带苦意的笑容。

天　籁

是什么时候想展开一场尾随的呢?

成雨自己也说不清楚。

有了想法，就必须努力去实现，是成雨一向的人生准则，他也时常拿这话激励着自己。

谁说没吃过苦的孩子就不努力啦?

作为一个标准的中国小康式家庭，成雨还真是打小就没有吃过什么苦，唯一一次在班上被同学欺负了，老妈便领着自己转了校。

那次的起因经过和结果都酷似古时的孟母三迁。

不过孟母没有老妈这么霸气。

从小泡在温室和蜜罐子里的成雨同学按道理来说是快乐的，这都不快乐，那凄风苦雨度日的孩子不该天天以泪洗面呼天抢地了?!

可这世上的事，总有出人意料的时候。

成雨同学就属于典型的，意料之外的意料之外。

意料范畴之外的成雨由于父母的各种贴心招呼，学习上生活中的等等一切，自然而然地就奔着父母希望的那个方向靠近。

理所当然的，伴随着成雨的三好学生光环，幼儿园、小学、初中、高中，这光芒从未暗淡过。

甚至于照亮了眼前的这所大学。

金光大道就在眼前。

把儿子的一切安顿好后，成爸坐在宿舍的床上，看着窗外的碧水蓝天，发自内心赞叹。

成雨却不买账，从床上一把拉起爸爸，让他回去，再晚点该赶不上火车了。

呼。

一口气出了宿舍，成雨自是兴奋莫名。这才是我真正生活的开始嘛！面对着教学楼和与之相连的广阔的人行街道，成雨的呼啸声直冲霄汉。

同学你没事吧？

猛一抬头，是一个长发飘飘的女生，姣好的妆容让人一眼就能看出是学姐。成雨本来是没什么事的，猛一抬起头来，倒真是有事了。

事在心里。

待成雨反应过来时，学姐已经消失在人海中了。

只是因为在人群中多看了你一眼……打那以后，成雨的耳机里就默认，单曲循环了这首《传奇》。

那个念头，好像也就是从这首《传奇》开始的。

首先要声明，成雨是一个品德思想各方面都良好的学生，这在前面我们提到过。所以说当一个未经人事的孩子遇上了突如其来的荷尔蒙袭击时，冲动在所难免了。

这念头可以暂时理解成爱情。

一天，两天，三天，半个月过去了，在单曲循环达到300次的顶峰时，成雨总算是把学姐的资料给弄到了手。

摸清楚她晚自习下课后常去的街道，成雨脑海里，浮现出了一场成功的尾随画面。

秋天的街道是肃杀的，空中飞舞的落叶与薄寒的空气相吻合，时刻给人心头一凉的感觉，但这丝毫不影响成雨心中的热血沸腾。

他今天就要正式和那狗屁的三好学生说拜拜了。

这才是我想要的生活呢，刺激！成雨微微一笑，身体没入黑暗中。

嗒嗒嗒，是学姐高跟鞋发出的声音。成雨偷偷看了一眼昏暗灯光下的学姐，一头长发飘飘，和上次一样的飘逸出尘。

成雨的尾随行动随着高跟鞋的嗒嗒声正式开始了……

也许是第一次尾随的缘故，成雨总感觉背后有人，回头的时候把自己都给逗笑了。

有必要吗，草木皆兵！

为缓解紧张心理，成雨掏出耳机戴上，伴随着音乐的韵律，学姐逐渐走到了长街的尽头。

是时候付诸行动了！

就在这个时候，成雨突然看见了黑暗中还有另一个人，确切地说是一群人！

为首的彪形大汉刚将手扼住了学姐的脖子，旁边的一群人便像饿狼一样涌了上去。

好汉不吃眼前亏，还是跑吧。

成雨此刻的神态就如同他当年倒背如流的古文里说的一样，两股战战，几欲先走……

……

成雨最后还是选择了留下，虽然留下等于徒劳。

巷子里有女孩的尖叫，也有男生的嘶吼，昏暗的灯光下，失真的尖叫声嘈嘈切切错杂弹。

慌乱中，不知是谁把弹簧刀插进了成雨的胸口，鲜红的血照亮了月光，照进了巷子里，巷子幽静。

王菲“只因为在人群中多看了你一眼”的歌声，从血泊汩汩的耳机里传了出来，宛如天籁。

优　雅

猫躺在女人怀里，被女人宛若凝脂的玉手极尽抚摸着，细软的毛皮下藏着的，是一对深褐色的眼珠，和那极富肢体语言的小爪子。

女人是优雅的，猫也是。

一遍遍被抚摸着，猫伸了伸懒腰，像人一样。猫是有名字的，Lucy。

英文呢，隔着屏幕就能感受到这扑面而来的洋气。梁田揉了揉因长时间看手机而发涩的眼睛，一点也不优雅地开始了今天的抱怨。

瞅瞅，看人家电视剧里的女主，连躺着的姿态都那么优雅，大气。你再看看人家的猫，连猫都具备了人形，不像那谁，躺下就跟一摊烂泥似的。

指桑骂槐了哈你，谭慧从化妆品的瓶瓶罐罐里抽出手点了她一下，仅仅一根小指头，却点得生疼，梁田揉着没能躲过一劫的额头。在反应能力方面，梁田显然是不如谭慧的。

在 232 寝室，除了追星方面梁田稳居宝座，别的，都当仁不让霸定老末位子。

老末是 232 独创的词语，232 是四个人在大学这座巨大而又空泛的象牙塔里，唯一能接收到温暖气息的家。再有只猫，这气息就简直是温馨了。

梁田目前可不需要任何温暖，肚子里气息也温馨得够煮开一锅水了。她把嘴噘得老高，时刻准备着以彼之道还施彼身。对，出招时一定要做到像慕容复那样自如潇洒。

摆着副臭脸给谁看呢，我这叫卤水点豆腐。谭慧将装满化妆品的小盒子放到一边。

啥，恶人先告状还有理了？不就是说你不如猫优雅吗。

你就先听慧儿说嘛，她做事有她的一套。你看看你，活像只发怒的猫，毛都竖起来了。小柯伸出手，理顺了梁田翘起的前额发梢。

就你这点小心思我还不晓得，拐着弯说什么优雅，开学时辅导员让背的《宿舍管理条例》难不成都忘了？想养猫，我的姑奶奶，宿舍也不是衬托你优雅的地方呀。

再说了，一只猫多贵，还不算猫粮、猫砂。再想想为了你学费奔波的父母。谭慧只要张开嘴巴，就不会顾及梁田的形象是否优雅。

宿舍是不允许养宠物的，有明文规定，开学到现在因此被通报批评的人不在少数。梁田的家境也和优雅搭不上边儿。

给猜中心事的梁田，一张脸羞得通红。就先缓缓吧。

那就先，缓缓？梁田不失优雅地回了姐妹们一个微笑。毕竟这事也不急在这一时，不是有过那样一个调查吗，说明明是放在某处的东西不见后，不要急于去找，过一段时间它会自己浮出来。

迟早是要养一只猫的！梁田咬牙暗下决定。

就这么优雅地忘却屏幕上那只猫吧，忘却是为了更好地怀念。

张爱玲说过，忘掉一件事的最好方法就是用另一件事物去填补原有的空虚。

猫对梁田的打击不过是过眼云烟，让人大跌眼镜的是，一向稳扎稳打的谭慧翻了船，在那条被命名为爱的河流上。

恋爱中的人智商还真是普遍为零。有什么好哭的，没看张爱玲写的呀，爱情就是朱砂痣与蚊子血，他现在就是埋在你胸口的蚊子血。

风水轮流转，教唆的权利转到了梁田的小嘴上。

拿出点女性的大气与优雅好吗，拍死这滴蚊子血！

看着泣不成声的谭慧，梁田索性自作主张将计划铺陈并实施。很快，谭慧的船便彻底没入水底，她又变回了那个独自游泳的人。

232 亦恢复为初始状态，无风无浪不起波澜。

太平静的河面，总有暗流涌动，如同黎明前的黑暗，浪起在那个稀松平常的夜晚。

猫！

拖着疲惫的身子回到寝室，已是深夜了，开灯，像平时一样放肆着蹦到床上，却蹦出了一后背芒刺般的刺痛。

猫的爪子，这是梁田下意识的第一反应，尖叫声穿过走廊，正在查寝的辅导员和宿管阿姨应声而来。猫躺在梁田的床上，爪子上的血隐约还在滴答着。

梁田的心跳险些无法归位。

在医院包扎伤口的时候，辅导员小吕告诉了学校对她寝室养猫的处分决定，取消本学期助学金。

辅导员的语气很镇静，听起来甚至让人觉得有一种西洋纯音乐的高雅意味。

不，应该是优雅。

这杀千刀的优雅！还有那只该死的猫，出现得一点都不合时宜。可细思一下，偏偏又是太合时宜了。

一定是谭慧，她做事从来不那么优雅！独自掉在海里的人，抓住一根稻草都不会放手，何况是抓住一个垫背的。

这样想着，梁田的心脏像被扔到水泥地上的骰子那般四处滚动，同时以无规则的形态完美诠释了什么叫心乱如麻。

可猫，应该是优雅的啊，怎么就和电视里完全不同呢？

梁田放声大哭起来，夜色中的眼泪有一搭没一搭地落着，仿佛落在被猫挠过的伤口上，黑暗中，一些本不该附着于她体内的暗沙悄悄溜走。

伤口，一点也不优雅地结着痂，以刺痒的方式。

幻　胖

三十，四十，五十，六十，六十五，七十。七十，还好在这个档口停下来了，与之同时停下的，是徐艳的呼吸。

一定不是这样的，一定是你们的打开方式出了问题。

推开一旁的室友，将玻璃材质的体重仪搬进厕所，尾随着徐艳幻胖身躯的，是一阵沉闷的关门声。

幻胖？

对，幻胖！总爱扑腾扑腾眨巴眼睛的张小希，是第一个在232寝室提出此观点的人。人如其名，小希小嘴小眼睛，可打她小嘴小眼里跑出的秘密，还真叫人大跌眼镜。

比如年轻辅导员小吕的暗恋对象，比如导致助教大李分手的桃色新闻。

现在，232寝室的目光全都聚集在一扇门上，和门里的事比起来，之前那些都不叫事。

小数点后面的数字，可以忽略不计的。

狭小逼仄的洗手间内传出歇斯底里的声音，得幸于学校去年刚刚返修的宿舍大楼，载道的怨声一直在隔音效果不错的墙壁内盘旋，始终无法突围。

吼什么呢。

听不清。

反正咱们的四美计划得泡汤。

门内，玻璃表盘上虚晃的指针定格在那个大到近乎不真实的数字上，压抑多天的徐艳，已是山雨欲来。

这场山雨，蓄势已久了……

安迪真漂亮。

是呀，我觉得刘涛演得真好，活脱脱就是个职场女强人。

看什么呢？

《欢乐颂》第二季呀，你不会又不知道吧，小蠢猪。

小蠢猪，是两个月前寝室姑娘们对徐艳的一贯昵称。两月前，也是天南海北四个人首次聚在一起的日子。爱打哈欠的小舞，爱喝雪碧的艾欣，热衷于穿搭的徐艳，还不落下那个给徐艳起外号的张小希。四人的喜好各不相同，爱起美来，却都义无反顾的！

四人立下重誓，要以美色称霸校园。

打脸的是，一个月过去了，四人都孤零零的，连一个男生的搭讪都没有收到。

知道问题出在哪儿吗？

面对这突如其来的发问，挤在一起的四人都垂下了头，将视线集体转向枕边散着冷光的屏幕。此刻屏幕里，安迪拒绝了小包总，正昂首阔步向车门走去。

风吹动安迪的一袭白衬衫，小包总眼睛死死盯着。

眼里透露着一股子甜蜜的渴望。

问题就出在这！

对头。

搞了半天是没跟上近期的潮流呀。

午夜，喧闹过后，232寝室沉沉睡去，唯有发着冷光的手机持续亮着，屏幕中充斥着各种款式价格的女式白衬衫。

要买就买好一点的，档次决定品位。第二天一大早，寝室便召开了以白衬衫为主的小会，虽然各抒己见，但白衣胜雪是必须的。

想想，四个白衣飘飘的女孩一起走出去，那身材，那颜值还不得制霸学校？简直就是一道流动的风景。

同一天，寝室里迎来了一个新朋友——也就是现在徐艳脚边的那堆玻璃碴子。

总跟你说幻胖幻胖你不信，这下真胖了吧。你倒怪起电子秤，你有种倒是瘦，你……

嘭。

又是一阵沉闷的甩门声，只留下张小希一人在卫生间内同那堆碎玻璃四目相对。玻璃破碎的光芒像极了她们此际的友谊。

之后的徐艳，像是变了个人。

先是拿快递的次数变多了，从三天一次到一天三次。各种花花绿绿的瓶子，瓶身上全是一般人看不懂的韩文，之后就是身边的各种传闻。

隔壁班的徐艳在疯狂减肥呢！

用的药特别可怕。

话传到耳朵的速度没赶上事态转变的速度，接到医院电话，三人匆匆赶到时，徐艳正在医护室里进行急救。

门外，是室友三人辗转的身影，时针轻轻走过，三天，四天，五天，六天，七天。

七天，恍如隔世。

第七天晚上，徐艳苏醒了。睁眼的刹那，眼前的世界因为多日不见而变得虚幻迷离。

不大会儿，虚幻便被眼前某种强烈的真实给替代！

映入眼帘的是徐艳心仪的白衬衫，以及躲在白衬衫后面最爱和她斗嘴的张小希。

别生气了好吗，其实你真的是幻胖而已啦，一丁点儿都不胖。我们一直在等你回来。

嗯嗯，小希。我，其实我，我也有东西要送给你。

早就知道啦，小蠢猪，礼物放那么显眼，叫人没一点儿惊喜。

病床的床头柜上，一个崭新的包装盒上写着六个大字：爱你牌体重仪。

爱你，不是说说而已哦！

应和着喊出这句经典的广告词后，张小希和徐艳不约而同地眨巴了一下眼睛。

有很饱满的眼泪挂在睫毛下，一点儿也不幻胖。

走　火

掏枪，瞄准，扣动扳机，发射，一连串的动作之后，是敌人猩红的、摇摇欲坠的身影。

不愧是职业狙击手，雷子动作娴熟老到。

还有三枪，一切宣告结束，红外夜视仪上清晰地显示着敌人的方位，三个红点隐匿在不远处的汽油桶后。

鬼精鬼精的。

看你的啦，成才。

队友边打手语边收起了枪。在719小队里，成才是当仁不让的神射手。这种情况下，没有人敢妄动，人质还在歹徒手中。

空气中弥漫着硝烟的味道，硝烟里，小女孩的哭泣一波接一波袭来，如潮水。

惊涛一般拍着成才那颗紧缩成一团的心。

三，二，在队友的倒数中，成才扣动了扳机，子弹间不容发飞了出去。

嘭！

换来的，不是小女孩被解救的身影，巨大的爆炸声过后，屏幕中央出现了game over。

游戏结束，玩完了？咱们？

反问中加了些许不甘，或许无法接受这个事实，包括成才在内的五个人全部呆住了。大厅中央喇叭里传来一段甜美的女声。

欢乐网咖，第一届校园游戏争霸赛，初赛到此结束。

有人欢喜有人愁，刚刚还热血沸腾在荧光屏前奋勇杀敌的五人，此刻形如枯木，没半点儿生机。

雷子，你说你，平时射击那么老辣，咋就走火了？

对呀，平时咱们五个人寝室开黑，每次不都是你拿五杀。

开黑是网络游戏新出现的一个词语，简单来说就是几个人组队打游戏。作为班上出勤率最低的寝室，成才他们给辅导员的缘由就是开黑。

理由也是如此。

雷子你说你，如果不是你那一枪走火，咱们就能进入决赛，奖金有五六千呀。

雷子选择沉默。夜色中，他默默点上烟，大口吸着，不一会又大口吐出来。的确，如果不是他的疏漏，准能进入下一轮比赛，关键时刻咋就手抖了呢？

雷子的网名叫成才，他喜欢陈思成在《士兵突击》里饰演的成才，枪法好，人也精，这样的人设，换谁不想给自己来个复制粘贴。

咋就走火了呢？徘徊在校园的夜路上，雷子一遍遍回忆着下午的游戏。一定是有哪个环节出了问题，在他的游戏生涯中就没走火的先例。

正想着，迎面撞上一人。

妈的，雷子嘴里抱怨着，继续朝宿舍的方向走，身体却不听使唤，一个劲往回反弹。

回头，是撞上的那人正用手拽着自己的衣服。

咋了？

还咋了，你自己看！

路灯下，这人的右手臂上给烫了一块红斑，更凑近一些，雷子倒吸了口凉气。

居然是宿管李大爷，本校宿管的四大天王之首李天王。

说了多少次，学生娃少抽烟。倒不是说你把我烫着了，顶多就是块疤而已。你看，你又随手乱扔烟头。

李天王伸脚，将未燃尽的烟头给踩灭。瞅这空当，雷子的身躯很快就隐入茫茫夜色，像极了他在游戏中常使用的技能隐身。

哼，就那糟老头，还让我交份检讨给他，真以为自己是托塔李天王啊。

幸亏你跑得快，这老头要较起真来，系主任都敬他三分。

那又咋地?!

接过胖子的烟，雷子拿火机点燃，719寝室里，被不断升腾的烟雾笼罩，别说，真有点游戏中硝烟弥漫的氛围。

硝烟的确在弥漫着……

收到辅导员的QQ消息已是早上9点，该旷的课都快结束了，辅导员的语气是严肃的，虽然荧光屏上只有一行大字。

速来办公室，否则你们全寝室退学处理！

等我把这口抽完，就出发。

还抽，估计辅导员找我们，肯定为昨天你烫了李天王、随地乱扔烟头的那一茬子。老李特别爱告状。

是吧？雷子边锁寝室边从嘴里吐出一大口烟圈，毫不在乎，辅导员找他们哥几个谈心如同家常便饭。

半小时的口头教育，对雷子五人来说不算什么，在听到辅导员说结束的时候五人飞奔着跑下楼。

兴奋来源于欢乐网咖。雷子刚刚收到消息，晚上还有一场加时复活赛，赶快回寝室练练手。

咦，怎么有烟！哪有烟？

快到寝室的时候，不知是谁惊叫了一声，真的有烟。五人先是闻到了一股熟悉的烟火味，齐刷刷同时抬头，要命，寝室居然着火了，719。

五人彻底瘫在了寝室门口的篮球场前，救护车、消防车一时间将楼房围了个水泄不通。

各路救护人员进进出出。

咋就走火了呢？雷子拉住一位消防员问道。

好像是因为七楼的一个烟头。

这不，刚刚从火场里救出来的老人。消防员说着，将医务担架放在篮球场中央。一阵风吹来，担架上伤者的身体发出刺鼻的焦煳味，伤者烧焦的衣袖也被吹开一个洞。

伤者有块疤，手臂上，在雷子的记忆中是那么熟悉。

咋就走火了呢？

看着担架上平躺着的李天王，雷子右手没来由地颤抖起来。

脱　轨

就像一颗偏离了轨道的行星似的，谷雨永远不知道如何融入人群。换句话说，他压根就没有靠近过人群。

他这颗行星一直属于脱轨阶段。

嘿嘿，有点夸张了不是。熟悉谷雨的人都知道，这番话说的是一点儿都没错。一个智商只停留在 7 岁的人，能照顾自己的起居已经是相当不错的了。

还指望他能找到轨道？笑话。

谷雨活着，不刻薄的评价，就是一出笑话。

谷雨人如其名，一张脸生得白白嫩嫩的，是那种让人看了忍不住上去掐两把的嫩生。左邻右舍说，这孩子全身肉嘟嘟的，指不定还能掐出点雨水。

谷雨，谷雨嘛，没雨水咋行！

谷雨生于十八年前的那场谷雨，这也从侧面标志着谷雨成了一名合格的 90 后。90 后，新时代的弄潮儿。

谷雨偏偏没有赶上弄潮部队这一波，白胖胖的谷雨，在家人的期待中，成功地迈进了垮掉一代的门槛。

也就是那年，90 后这个群体被贴上了专属于他们的标签。

垮掉的一代！

对于谷雨爸妈这个小家庭来说，他们的天，早就塌了。

看着智商永远停驻在7岁的谷雨，爸妈只对他说了一句话，一句千叮咛万嘱咐的话！

傻儿子，在哪里都要学会合群，知道吗？

说不清是上帝的眷顾还是上帝看他可怜，谷雨，这个智商只有7岁的孩子，居然跌跌撞撞地升到了高中。

如果以后侥幸能进入大学的话，那可真算是个奇迹了。

避开以后不谈，眼前的一切就足以令谷雨爸妈宛如奇迹了。高中再怎么说，比初中要上了个层次，套用TVB的那句话：人最重要就是开心啦！

这台词看起来没心没肺的，对谷雨，没心没肺却是最好的生活方式。

爸妈嘱咐谷雨的那句话，渐渐地被岁月风干精简只剩下合群二字。

高中和初中唯一的不同就是人的社交圈子变广了，学生会、社团，以及繁多的课外活动，让人觉得又累又开心。

自始至终谷雨都没和开心二字搭上边。

在他的印象里，高中生活只送给了他一个字——累！

谷雨，快去帮大哥买点饮料上来。

喂，等一下，还帮我顺一袋辣条。对了，别忘了，辣条要买我喜欢的那个口味……

面对这些请求时，谷雨是来者不拒。只有在替同学跑腿的过程中，他才能感受到自己在班上的存在感。换了平时，成绩最差的胡三都不会理他。

胡三理他的时候，是招呼谷雨帮他捏脚，这个时候的谷雨理所当然有点不开心。

一个人再傻，也明白什么叫被欺负。

谷雨潜意识里觉得合群可以，受欺负不行，他开始渐渐地回到了自己的最初设定。

一个人傻傻地坐在角落。

小胖子还敢不听话呀！胡三见喊了几次都没人来帮忙捏脚，恼羞成怒，把脚从桌子上放下来，顺势踢了谷雨两脚。

脚劲很大，谷雨的凳子都被带翻了。值得一提的是，谷雨的脸上并没有被踢出雨水。

打那过后，谷雨挨打的次数就变得和之前的跑腿一样，与日俱增。

每次挨打后，谷雨嘴里总会念叨着父母千叮咛万嘱咐的那句话：合群！

那场变故，就在是从这个时候开始的。

在班上，圈子发展最广的是胡三。

怎么说也是打过群架当过老大的风云人物。

风云人物为了稳住自己的地位，三天两头就要出去挑事，以奠定自己的江湖地位。

最近胡三被隔壁学校那高个儿在路上放话，要弄死他。

是个没课的周末，胡三早早地来到了教室，门口早有一群人等着他呢，板凳顺着头飞了出去，胡三转身就跑。

妈的，敢埋伏我！跑着跑着胡三被脚下的石头给绊倒了，起身的时候他的后背准确无误的，让隔壁学校那高个儿给砸了一下。

用的是板凳，很疼，扎心的那种疼。后来棍子、板凳一窝蜂地就全部上来了。慌乱中，胡三看见傻坐在角落的谷雨冲了出来。

他肯定是报仇来了！奇怪的是，谷雨胡乱挥舞的拳头没砸在胡三身上，而是替他挡着这些锐器。那帮人走了，他还紧紧地抱着自己。

此时的谷雨已经没有力气睁开眼睛看胡三了。

谷雨的手到死都紧紧地抱着胡三的身子，连前来现场勘察的警察都不由得喟叹，奇迹呀。

更奇迹的是，谷雨临终时是面带着微笑的，那模样像极了一颗重新回到预定轨道的行星……

一汪痰

扪心自问，黄凯是个不爱干净的人，他也常对着镜子自嘲，农村人嘛，邋遢点很正常。你看没出名前北漂着的王宝强，都一样。

室友心里却不这么想，他们一致认为不爱干净这四个字配不上黄凯。

往深里说，是干净在嫌弃他。

寝室里最不爱收拾自己的小胖，都时不时对他进行口头教育，长年累月，到后来，逐渐积攒进化为口诛笔伐！

老黄呀，你可不能再这样下去了。不说一天一洗吧，三天一洗算是我们寝室的最低标配。你的衣服，都两个三天没沾水了……

说这话的时候是夏天，盛夏。

土话里将这个太阳喷火人遭罪的时节，称为三伏。

当事人的黄凯可不服气了，衣服怎么两个三天没沾水，汗水不是水？咋就和干净嫌弃我扯上了干系？从小到大我就是这么过来的，爸妈从来都不嫌弃我，黄凯有时候真觉得这些城里娃吧，太娇惯了。

非要和古代帝王的妃子似的。焚香沐浴，一日一更衣，毛——病。

他常把毛病二字中间拖得老长，在寝室没人的时候。

他也只敢挑着寝室没人的时候抱怨一番。这年头，围观都是力量，没看新闻里天天滚动播放，某大学寝室因为一点点的矛盾，就起了杀心，白刀子进红刀子出，唰唰唰，三条命就没了，比黄凯村里的张屠户杀猪还快。

黄凯更没忘记临行时妈妈千叮咛万嘱咐的话，在学校和同学们好好相处，现在的娃子拐。

拐是方言，换算成室友们嘴里的普通话，就是坏的意思，但比坏低一个层级。

黄凯同寝室里的三个人倒不怎么坏，有些时候自己无助的时候，总是他们挺身而出。

好像也只有他们会挺身而出，就拿上前天晚上来说吧。

印象中那天的气温是陡降的，如同游乐园里的极速升降机，白天分明是一派阳光灿烂，天一黑，恍若就置身于初冬了。黄凯穿着一件单薄的白衬衫在风中抱怨。

要不是你们拉着我出来剪什么鬼头，会遇上这种鬼天气？

老黄呀，你这头发要是再不剪，可真就成鬼头了！小胖的话语落在黄凯的耳畔。

冷嘲的语气倒是比风更冷，而事情也就出在这条快要回寝室的路上。

进宿舍楼的时候，黄凯被一根红色的拖把给拦住了。

抬头，是保洁阿姨那张比拖把还红的脸，紧接着的一发连环炮弹把231的这几条汉子给彻底镇住了。

同学，你自己不讲卫生我也不说啥了，可是公共场所不要随地乱扔垃圾你不知道吗？扔垃圾就算了你还吐痰。都大学生了，你今天必须给个说法！

呵呵，咱可是七尺男儿呢！对于阿姨提出的罚扫地要求，黄凯一脸不屑中掺杂着拒绝。楼道中人来人往的，搞不好还会有查寝的学生会妹子，罚扫？太丢脸了，不行。

最后在小胖的一番好说歹说下，阿姨的脸色才恢复了正常，但梁子，就在暗地里结下来了。本就不干净的231寝室，自那之后每周都被通报批评。

黄凯每每路过楼道时，必然会在光滑的地板上留下一汪醒目的痰。没办法，只要经过保洁阿姨的地盘，他喉咙里就条件反射般生出一汪痰。

兄弟呀，你是该讲讲卫生啦！别把自己活成一汪痰，谁看了都恶心。

室友每天的劝告都是白费的，从他依旧不变的生活习惯中可以看出来。不过生活的精彩就在于你永远不知道在下一个拐弯处会发生什么。黄凯这么懒的人，居然在大三的时候，开始打理自己了。

应了周杰伦的那首歌，爱情来得太快就像龙卷风，以至于室友们都被龙卷风卷得摸不着北了。

老黄，你是男人，身上没必要喷那么多香水。

瞧，连以前惯用的潜台词都变了！

时间也就在这些潜台词中默默地度过了，大三下学期结束的时候，黄凯义无反顾地选择了跟着女票回家过年。女票和他一样，同属农村人，自幼丧父，靠母亲一个人打工抚养长大。女孩是属于懂事的那种类型，黄凯当初也就是爱上了她的懂事和朴素，才向她大胆告白的。

都是二十出头的成年人，是该见见家长的。

在车上颠簸的时候，黄凯脑袋里就放电影似的过着这两句话。第一次上门嘛，心慌很正常，女孩懂事地用右手攥紧了他的左手。

不过他还是差一点就给门口的拖把绊倒了。拖把是红色的，很有种喜庆的氛围！

可当黄凯抬头接过丈母娘端的糖水的时候，黄凯愣住了，这不是……

一时间，农家小院里充斥着无尽的尴尬。

喝糖水啊！丈母娘热情不已催促说。

女孩为黄凯介绍，凯，这是我妈妈。她之前一直在学校当保洁员，今年岁数大了，就回来养老。

黄凯觍着脸端着糖水，将刚修过面的脸彻底低了下去。女孩恐怕不知道，此刻黄凯的喉咙刚生出一汪痰。

吐不出来，又咽不下去。

偏头痛

汪小芝放下了手中的书本，皱了皱眉，紧随着这个动作之后的，是她顺势摘下了藏在鬓角头发中的耳机。

一定是偏头痛又犯了。

熟悉汪小芝的人都晓得，她这人不能急，具体指的是哪种急呢？夸张点说吧，各种急。

包括急他人之所急。

作为典型的狮子座姑娘，汪小芝拥有绝对坚忍不拔的毅力和所向披靡的竞争力。不服输的性格让她在室友的印象里只有八个字：宁为玉碎，不为瓦全。

从小学到高中，每个认识她的人都会不约而同地提出这样的问题，你这急性子，什么时候能改改呀？

汪小芝的回答也是千篇一律的，她总会涨红着脸，蹙着眉解释道，娘肚里带来的，这么些年了，怎么改？

瞧瞧，连身体发肤受之父母都扯出来当挡箭牌了。

急性子带来的影响不一定是负面的，比如它所带来的正面影响，在大学凸显得十足起来。

讲到这需要说明一下了，急性子汪小芝不仅是大一新生，还是学院里文艺部的骨干分子呢。

厉害了，我的姐！

室友们常常这样称赞她。

和所有的同龄人一样，没进入大学以前，汪小芝心中包含着万千憧憬，终于可以肆无忌惮地化妆、烫头发了，终于不用担心穿着问题而被老师责备了。

尤其是可以光明正大地上课迟到了，听说不去也行呢！

进入了大学后她才发现，原来那首歌唱的是对的：童话里都是骗人的。

大学的确是个放飞自我的自由地带，但这个自由是有前提的。

绕不开那个亘古不变的字眼儿——钱！

来学校之前，父母便给小芝做过很好的规划，钱在当初看来，的确是够的，至少小芝是这么认为的，但在学校待了半个月，急性子小芝就发现：

银行卡活生生变成了水龙头。

拧不上的那种！

这还了得，急性子小芝对着 ATM 眉头紧蹙，偏头痛初次袭来。

是那句老话缓解了小芝的头痛，船到桥头自然直。

直接点说吧，是辅导员在晚自习上宣布的那个福音，让她的偏头痛不药而愈。

为缓解部分新生的家庭压力，国家出台了助学金政策，有需求的请在月底把申请表交给我，过时不候。

咳咳，辅导员在学生的欢呼声中清了清嗓子，当然了，助学金是要颁给学习成绩各方面都优异的学生。

别人有没有听进去这句话，反正汪小芝是把这话给放心里了，申请表交上去过后，急性子汪小芝就开始了向目标奋斗的过程。

马云说过，梦想还是要有的，万一实现了呢。

汪小芝喜欢跳舞，也有这方面的特长，部门纳新的时候，她顺利地通过了筛选，加入了文艺部。

渐渐地，在院里大大小小的晚会活动中都可以看见她的身影了。连老师都夸她，这女孩的舞跳得真棒。

时间在不经意间悄悄溜走，大学生活里的第一个寒假即将来临，这也意味着助学金的评选结果就要出来了。

班里的每一个申请者都绷紧了心头的那根弦。

一向慢性子的小胖的脸上，都透露出了一丝紧张。

汪小芝不急，有什么担心的呢，我是文艺部骨干，哪次学校活动没有我的身影。我这么棒，辅导老师又不是不知道！

打寝室出来时，她对在镜子前一边挤痘痘，一边关心她的室友笑道，傻妞，放心啦，姐回来了请你们吃火锅。

生活总是给人意外一耳光，辅导员把最后一个名额宣读完毕，汪小芝惊奇地发现，没有自己的名字。

是真的没有。

忍着头痛，急性子汪小芝一下课便冲进了辅导员办公室，还没等她话说出口呢，辅导员将一本白册子重重地扔在了桌子上。

掷地有声呢这是。

考勤表！汪小芝瞅了一眼，确切地说，是很仔细地瞅了一遍，这才发现，在别的同学都打钩的地方，她全部都是叉。

因为部门里排舞的事，自己还真的是缺勤了无数次呢。

一抬头，汪小芝便看见了辅导员不怒自威的双眼。

四目相对，一双大眼瞪着蹙着眉的小眼……

从办公室出来的时候夜已经深了，是寒夜，汪小芝走在路上，第一次没有急着跑回寝室，跑能跑出助学金吗？心灰意冷的汪小芝就这么慢吞吞地蹒跚着，居然，把路上一人给撞上了。

被撞的环卫大妈瞅了她一眼，在满是垃圾的ATM旁嘟囔道，现在的孩子真是越来越要奸了，明明是她撞的我，还把眉头皱得这么狠！

同花顺

电话响了，响在初秋的暖阳里，老旧的那种铃声，丁零零零，有种不真实的质感，如同电话主人的想法一般老旧。

接吧，毕竟是你爸，同宿舍的胖子催促。

不接，就不接。咱们继续打牌！轻描淡写地继续后，说话的人陷入沉默。牌是一手好牌，同花顺，但要看怎么打。

脑子认真思索着，耳边电话声音加剧着，如潮水，一波未平一波又起，老旧的铃声。在寝室里以 3.1415926 的概率，无限循环。

前浪后浪的较劲，呵呵。作为一个当事者，陈鹏神情居然是事不关己高高挂起，也太淡定了点吧。换个文艺点的语句形容——与卿何干。

是呀，与我何干呢？

胖子不耐烦了，掌中的物什一次次滑落，又一次次被其弯腰拾起，几番下地，掌中物变得皱巴巴的，洁白的表体上覆起一层薄薄的灰尘。

咋了嘛。

还能不能好好打个牌了，看看你把我的牌，弄脏成啥样。

望着桌上不再洁白的牌面，汪琦一阵抱怨。就一个电话，阿鹏你去接一哈儿嘛，免得咱们哥几个分心撒。在厌烦时吐露出几句乡音，是四川娃汪琦的风格。

牌场最忌讳的就是分心。

否则怎能成为场中王牌。

不怪汪琦的怨怼，这规矩，陈鹏很清楚，抓起手机的间隙，从裤兜掏出一盒蓝楼，扔在桌上，说着抱歉出了寝室门。

较劲的电话铃声竟戛然停止，屏幕上的老爸二字也陷入黑暗，成为未接状态。

跟小孩过家家时逗你玩似的。

不用想，老爸此时肯定又在镇上，忙着他的春秋霸业——喝酒打牌。那该死的折磨了他们家大半辈子的“春秋霸业”，成功地折磨垮了母亲。

陈鹏冷笑，脑海里已浮现出父亲那套用了八百年的堪称滥调的说辞。

倒没有。

一曲新词酒一杯，陈爸也算半个跟着时代小跑的弄潮儿，长久的未接状态后，他选择了挂断，但嘴上和手上仍是没有一星半点儿的间断。

手上是好牌，嘴上是好话。要对得起崭新的说辞呢。

你们说，我陈某人是不是完美符合成功人士这四个字。虽说咱家婆娘走得早，但你们看，咱还不是把小鹏一手给拉扯大，品学兼优。全镇第一的成绩保送大学，谁不知道。打了这些年牌，打得最好的一张牌就是我家小鹏。

那简直是一副同花顺啊。

切，懒兮兮的，谁不知道他靠儿子养活，一屁股屎擦不干净还要留给儿子。

谁不知道！哼，陈鹏边说边摆弄手上的牌。成功，他要成功的话，我估计做梦都得笑醒。陈鹏看着手上这把好牌，该有的都有。胖子却瞥见他嘴角若隐若现的苦笑。

苦了你，兄弟。

烟雾缭绕，寝室内充斥着劣质香烟的味道，带有几分特殊的酸涩。陈鹏的父亲不顾家，这是不争的事实，大伙都知道。但陈爸的好吃好喝好赌好嫖，好吹，实在是超出了大家的预期。

更超出大家预期的事，陈鹏选择放在心中承受。

……

陈鹏同学，你最近的学习状态很不好呀。站在偌大的办公室里，陈鹏低下了头。

陈鹏同学，是辅导员对他的称呼。

据班上几大委员反映，你最近经常无故旷课，缺勤，在寝室里也是靠打牌度日。你可是咱们班的一张王牌，评优评先都靠你。同花顺你知道吗？后面跟着的是你的奖学金。

同花顺？奖学金？陈鹏一惊，猛抬头，对上了辅导员那副恨铁不成钢的眼神。

像雾像雨又像风。

有风，行走在秋季的校园里，电话又响了，老旧的铃声一浪连着一浪，响在午后的深秋。胖子很知趣地退到一旁。按下接听键的刹那，陈鹏的眉头紧蹙。

电话那头是中年男人的怒吼，和父亲的声音截然不同。

话语逐渐被秋风吹散。

打那天起，陈鹏变了好多，早出晚归，甚至彻夜不归，五份工换着打。听汪琦讲，曾在校外南街见过他——那是附近出了名的堕落街，暗娼高利贷地下赌场皆藏匿其中。

他都瘦得脱了相。后来……唉。

后来陈鹏还真打出一手好牌。他成功地挽救了我们这地方岌岌可危的新闻行业，报纸、电视、网站，铺天盖地的现场画面和飞播。记者也因此一次次进入寝室、校园，企图挖出点他自杀前的猛料，吸引更多人眼球。

他为什么要拿着一张张收回的欠条跳楼呢？上面分别是三千，四千，五千，六千……怎么想的？有记者问。

——关于这个问题，胖子给出的回答最客观，同样也最让人摸不着头绪，就像胖子永远也想不穿那个午后，电话那头的人到底对陈鹏说了什么。

也许他认为那是一副同花顺吧！陈鹏爱打牌，这是众所周知的事。

小江湖

汪琦醒了，被床头的闹钟给闹醒的，是闹醒。

也因为一点闹心，就不能达到自然醒。

顺手划开放在床头充电的手机，才发现，真不早了，距离上课的时间，早就过了。

严格说，再过十五分钟就该下课了。

没事。

还没事，你这一周都旷多少次课了。同寝室的胖子一边打着游戏，一边以与自己体重相同分量的话予以了回击。

沉甸甸的呢！

真——没——事。

汪琦坐在床边揉着眼眶，老半天了才把这三个字给吐了出来。难怪同学们都爱说他是《疯狂动物城》里树懒的翻版。

乍一看，还真像。

说没事是假的，迟到，但凡在象牙塔里待过的人对这二字都不会感到陌生。作为一个标准的大学生，你硬要说自己和迟到二字没有打过交道，那真是前无古人后无来者了。

对大学生迟到，春晚小品里有句经典台词：人嘛，谁还不犯点错误。

要的就是这个错误产生的效果。

要的就是这个错误产生的效果，什么情况？同寝室的胖子回味着汪琦离开寝室前扔下的这句话，他实在是搞不懂迟到能出什么效果。

更看不出汪琦一副山人自有妙计的神情。

掐指算算，汪琦入学约莫两个月了，成功地从一个稚气刚脱的高中生，进化为象牙塔中的一分子。

多不容易！

上大学之前，爸爸就多次嘱咐过汪琦，要和辅导员搞好关系。大学可不比高中，说白了，就是个小江湖。再加上我和你妈又不能随时陪着你，记住，和辅导员搞好关系比什么都重要。

和辅导员搞好关系，这话脱口的频率甚至超过了汪妈的唠叨。

汪琦踏入大学门口的那一刻起，他的脑海就已经被辅导员三个字给塞满了。

虽然辅导员和自己谋面机会不多。

大学的课时安排比想象中要少，课上完了，是找不到老师的，辅导员小谢更是神龙见首不见尾的那类奇人，要如何搞好关系？

真闹心！

闹心归闹心，课还是要老老实实上的，搞不好弄个表现突出，被辅导员拉进办公室“表扬”一番也有可能。

正脑补着被辅导员“表扬”时同学们满脸羡慕的场景，裤兜里的手机却不合时宜地响了。

是老爸的电话。儿子，开学这么长时间，估计要选班干部了，要努力争取。

怎么争取？当然是和辅导员搞好关系。

临了还是这句老话。

班干部是可以直接拿到奖学金的，挂断电话的同时汪琦便在思索对策，如何在选举班干部之前让辅导员注意到自己呢？

班上几十号人，成绩比自己好的比比皆是，掰着指头数都轮不上自己。做不到鹤立鸡群，那就来个鸡立鹤群。

这样，肯定就能引起辅导员的注意。会哭的孩子有奶吃，这话可是老祖宗说的。

反其道而行之的主意打定，汪琦开始了朝九晚五的生活。需要稍作提醒的是，此处的朝九晚五是加有引号的。

规定不是说不能在寝室喝酒吗，嘿，我偏要喝；规定不能带盒饭进寝室，我偏要带。汪琦就是和规定杠上了，杠得如胶似漆。

该劝的都劝了，同寝室的五个室友都拿他没办法。

闹心有效。

是个晴天，汪琦出人意料地起了个早，辅导员小谢要见他。

走在路上，汪琦觉得身上的酒气都没有往日那么刺鼻了。

见总比不见要有机会，那一刻，汪琦觉得自己很有点梁山好汉被招安的意思了。

汪琦同学，知道我为什么要见你吗？辅导员开门见山地说。

知道，因为我刺儿头嘛。

你居然知道！

嗯，我甚至还知道老师你想招安我。这话，是汪琦的画外音。

那你说说，你自己的样子，像个学生吗？

汪琦被小谢训得很像个学生一样低下头。姿态，宋江不也玩过这种低姿态。

实话跟你说，开学的时候我看过你的档案，高中三年的老班长，觉得你是管班的人选。

真的吗？汪琦揉了揉长满酒刺的鼻子。

真的倒是真的，不过现在呀，你还是先管好自己吧。辅导员将一份满是红圈的缺勤表塞到了汪琦手中。

走的时候记得把门带上！

嘭！

门关上的瞬间，汪琦听见小谢那句恨铁不成钢的话：这孩子，高中明明是只仙鹤，怎么进了大学反成了草鸡？

这也太小看江湖了吧？！

饿了么

饿了么？

临近中午十二点，手机屏幕上准时划开了一道光亮，饿了么这三个字，像极了十三岁那年徐丽在黄土高原上看过的流星。

流星是短暂的，但手机屏幕的亮光是经久不息的。嗨，这 APP 不等到你去使用，是不会息屏的。

真犟！用老家的话来说，犟得跟头驴似的。

吃什么呢？对于徐丽这样的工作狂而言，最轻松也最头痛的事就是吃什么。

饭菜下肚，管饱就行！这成了她的口头禅。

还来不及纠结，就听见办公室里的黄姐推荐道，小丽，这上面才推出的私房菜我觉得还不错。

私房菜？有我妈做得好吃不？徐丽一边暗忖着，一边不慌不忙地进入了“饿了么”APP，熟悉的蓝色界面在雨天倒显得有点温暖。

看完介绍才知道，私房菜不是传统意义上的那个私，类似于抽奖，你下单以后，系统会随机选择一道菜。

说是给用户的惊喜，惊喜？徐丽心里不屑着，只要不是惊吓就好。

要知道，徐丽可是不吃蒜，不吃葱，更不沾芹菜的三不女人！

雨下得更大了，徐丽起身到窗前，看了一眼楼下慌慌张张的人群。

这场雨来得还算及时。

总算在昨晚，将持续了半个月的烦躁和燠热，给消散于老天爷的股掌之中。

以至于今早上班时，小城里好多条道路居然堵了车，走上前去才知道，原来是前面的路口发大水了。当真是车水马龙呢。

在庆幸完自己不是户外工作者后，徐丽进入了这一天的正轨。

文案策划这个工作相对而言，是小城里比较舒坦的那一类型，好多人求之不得，徐丽却有了几分厌烦。

厌倦是理所当然的，不是有个调查说了吗，在现代都市里，有超过半数的人对自己的生活是厌倦的，就像婚姻一样。

婚姻不也有七年之痒嘛！

只有徐丽自己知道，她的厌倦是一种另类的厌倦。

作为一个土生土长的陕西人，从小吃惯了面食羊肉，来到这个地处江汉平原的小城，屈指一算，约莫有了十年。

这些天老家那边就没断过电话，父亲的病越来越严重了。

江山易改本性难移，这话不仅仅是用来拍电视剧的，用在徐丽这个异乡人身上恰到好处。

嘀嘀嘀！

手机里传来不安分的提示音，划开屏幕，上面显示着由于天气原因，您的订单将于晚些时候送来。

哼，等你送来，我还不得饿死在这办公室里。

等会一定要给个差评，豪华版的差评。

雨下得更欢了，徐丽的肚子却不争气地叫了起来。这该死的，唱空城计也不瞅个时候。

环顾四周，发现同事们各忙各的，徐丽才放心，要知道，面子有时候比肚子重要。

哇塞，外卖终于到了。

随着黄姐的一阵惊呼，办公室里的女人们围拢过去。徐丽心下暗道，我倒要见识见识这私房菜。

待凑拢才发现，嗨，不就是老家的羊肉泡馍吗。

不大会儿，办公室里便飘起了浓浓的羊肉汤味道，徐丽似乎也回到了儿时的年关将至……

虽说陕西自古以来就有牧羊的传统，可羊不是用来吃的，大多数家庭就是靠这些羊下崽，换取微薄的收入。徐丽每年和弟弟最期待的事，莫过于年终那一碗散发着浓香的羊肉汤。

弟弟比徐丽小很多，在家里，徐丽就相当于半个娘，每年的那碗羊肉汤都不够塞牙缝，弟弟却还嚷嚷着没饱、没饱。

到最后，徐丽总是偷偷地把自己的那一碗分一些给弟弟。奇怪的是，弟弟和自己碗里的羊肉，每次看着不多，却总要吃半天才见底。

嘀嘀嘀。

熟悉的手机铃声将沉浸在童年中的徐丽拉回现实，估摸着是外卖到了，她三步并作两步，跑下了楼。

嘿，这外卖小哥够牛啊，等半天了还没人，手机不是提示来了吗？

饥肠辘辘的身体支撑着最后一点划开手机的力量。嗨，刚才并非“饿了么”的提示，而是母亲的一条短信。

小丽，你爸听说你下个月就要回来了，这些天专门给羊子多加了些草料，今早却发现，有只羊被撑死了。他早上还在念叨，小时候你和弟弟老是说吃不饱，每年过年他就会刻意把盛进你俩碗里的肉往下压。这方法明明是一样，结果咋就不一样呢？

徐丽的父亲刚诊断出患有阿尔茨海默病，俗称老年性痴呆。医生说他现在是中期，处于一些回忆零碎的阶段。

嘀嘀嘀，手机响了，是父亲。小丽啊，你饿了没，快回来吃点吧。爸爸今儿做的你最爱吃的羊肉泡馍，吃完下午还要上学呢！

不待小丽回话，手机那头已经挂了。

嘀嘀嘀，手机铃声再次响起。

雨，下得更大了，直接溅到徐丽心底。

易水寒

张晓宇一直认为，如果不是那天清晨右眼皮一个劲地跳，后面一系列的事情都不会发生。

当然，有些事情硬要发生你也无法阻止，只是这次，用事情来下定义恐怕不妥，按近年来非常流行的一个词语来说，上升到了事故的范畴。

看清了，是事故，不是人情世故。

刚刚成年的张晓宇咋会跟事故扯到一起？这问题一直困扰着张晓宇的父母。在父母眼里，他不过是个十八岁的小男生，离能扛起一片天的男人还远着。

偏偏这八竿子打不着的事最终还是打上了。

九月的清晨，微风吹拂在校园里，给人一种随时都能哼唱起《同桌的你》的欲望。张晓宇漫步在校园里，头一回感受到了什么叫作情由景生。

就这个时候，他的右眼皮不停地跳。

是那种极富规律的跳动。

应该是没睡好吧。张晓宇看了看身后背着大包小包的父母，不由得打了个哈欠，这哈欠让他想起了五个小时以前。

五个小时之前，还是凌晨，凌晨能干什么？

对普通人家来说，当然是睡觉。

张晓宇一家并没有睡安稳，为了能够顺利地报名，张晓宇的父母凌晨五点就起了床，张晓宇是被卧室里窸窸窣窣的响声吵醒的。

响声是父母边收拾行李边发出的阵阵叹息。

说到底还是学费，本以为考取了大学就能让父母欣慰的张晓宇，没料到给本就拮据的家庭帮了倒忙。

而且是不小的倒忙。

直说了吧，我们家是典型的徘徊在小康生活以外的家庭。张父指了指身后的大包小包，对着学校的领导，开着根本就不是玩笑的玩笑。

幸好，这年头除了星光大道，还有绿色通道，贫困生贷款助学专享。

绿这个字眼在当下总是被赋予了一种异样的色彩。当张晓宇走绿色通道的事被同学们知道后，他的身后也不知不觉的多了一些议论。

这背后的议论，比绿帽子还可怕。

尤其是同寝室的那个大名叫尤佳佳的胖子。

第一次碰到尤佳佳看自己的眼神时，张晓宇就察觉到了那股异样。与此同时，他的右眼皮也跳了起来，极有规律。

尤佳佳是个音乐发烧友，漫步者环绕式耳机只恨不能长在耳朵上。众所周知大学是个追求个性的地方，所以说在开学不到两星期后，全班每个人脖子上随时都套着那副漫步者。

这个列表是不包括张晓宇的。

和不懂音乐的人，咱无话可说！最让张晓宇可气的是，每次当他凑近这群音乐发烧友时，他们的感冒好像都不治而愈了。

感冒带来的尴尬，让张晓宇的眼皮运动更加机械化了。

哼，尤佳佳你等着，看我过几天也给你来个太空漫步！张晓宇愤怒地按下了父亲的号码。

父亲的拒绝出人意料的干脆，如果沉默也算是一种拒绝。

那之后，张晓宇在校园里也自然而然地沉默了，面部唯一的表情就是那跳动的右眼皮。

张晓宇的沉默越发凸显出了他自身的孤立。

谁都没有料到，沉默的少年张晓宇居然在昨天上午，成功加入了漫步者的行列。

而且是漫步者耳机的最新款。

一定是偷的！他家里那点底子，我还不知道，连袜子破了洞还舍不得扔的人，能够买得起漫步者？大嘴尤佳佳在班上又开始了新一轮的嘲讽。

无独有偶，这轮嘲讽还未结束，班上有同学的漫步者耳机失联了。

据说是最新款！

张晓宇被这“据说”二字搅得坐立不安。

不该有的东西终究不是自己的。现在除了尤佳佳，连辅导员都开始怀疑自己了，张晓宇觉得是时候该亮剑了。

张晓宇和尤佳佳的最终谈话，定在一个有风的夜晚。

和想象中一样，言辞激烈，尤佳佳保持着一贯的冷嘲热讽。晚风吹拂着张晓宇因为争论而面红耳赤的脸庞，有点当年易水河畔的味道。

耳机是我自己勤工俭学挣来的，请你不要再侮辱我！

呵呵，你这个小身板还勤工俭学，不会是去当鸭子了吧。

尤佳佳，你！张晓宇的眼皮此刻跳得格外欢实。

尤佳佳不再理会眼皮跳得格外欢实的张晓宇，转过身，把耳机套在了脖子上，活脱脱一个随时起步的漫步者。

把事情说清楚了再走！

张晓宇喝道，与此同时，他的手从身后抓住了尤佳佳的耳机。

有推搡声划破夜空。尤佳佳的后脑勺就那么猝不及防地倒在了水泥台阶上。

盯着此刻不再言语的尤佳佳，张晓宇知道，以后再也不会有人背后议论他了。

一阵冷风灌进了张晓宇的眼皮，奇怪，跳了半个多月的眼皮居然静止了。

风萧萧兮易水寒呢！张晓宇后来回忆起那天晚上的事时，嘴里一直念叨着这句话。

此夕去留心

月斜寒露白，此夕去留心。

路灯于七点准时亮了，雨却还在飘着，隔着天边那轮若隐若现的缺月，雨以零散的架势，簌簌洒落。零零星星的细雨，多少给这个睡眼惺忪的城市带来了些许抹不掉的朦胧质感。

但不碍事，在这个点，城市是从不缺乏抹着眼睛准备早起的人的。

徐星就是其中的一位。

合上刚刚发过早间推送的手机，他将置于床头柜边的眼镜戴上，扶正，不慌不忙地披衣，搓着昨夜的乱发下床趿拉上拖鞋。这一切动作对他而言无疑是娴熟的，标准的“90后”模式，像极了工厂里日益加快的流水生产线。

生产线嘛，总有慢下来的时候。

如同眼下这个即将到来的寒露时节，昼夜更替的月亮也会暂时歇歇。

隔着窗户，雨花仍扑簌簌的洒下，慢吞吞，没有本地新闻里推送的那么朦胧写意，倒是有点像人的泪水。借助眼镜的进一步观察后，徐星刷着牙的嘴角不自觉地发出了一声冷笑，充其量就是毛玻璃的粗糙感呀，何来质感可言！

太虚假了！

的确虚假，现如今的新闻报道，越来越朝着朋友圈里转发的各类链接靠拢了，诸如男人看了会流泪、女人看了会心酸之流的恶俗标题，以及那一篇篇夸大其词的文字，对于徐星而言简直就是噩梦。

徐星可是个响当当的新闻系才子，未来的无冕之王。他一直留心于此类新闻报道与琐碎生活的不真实性。最近他着手研究的是一起公交猥亵女童的夸大新闻！

这些显然不是当务之急，站在洗手间明晃晃的玻璃镜前，徐星猛然注意到自己左边脸颊上有块红肿。

肿得厉害，怪自己，昨晚和室友的那顿火锅吃得太放肆，今天多半是消不掉了，徐星死死地盯着镜子里那一片鼓起的红肿。

红肿在镜子的反光作用下，红得愈发昂扬，艳得愈加耀眼。

揪心程度，丝毫不亚于父母的那一纸荒唐陈词！

一念及此，徐星心头便像是打翻了五味瓶。父母的那档子事，他一直以为是靠两顿醉酒，或与室友通宵达旦的长谈就能忘怀，没想到，到头来只是给自己脸颊上多添了一块伤疤。

纠正一下，是睑腺炎。徐星上车后，刚请教过度娘。

许是没留心吧，徐星揉着肿胀的左脸，陷入回忆的沼泽。印象里，父母的婚姻，一直处于黄昏阶段，那还是属于他们一家三口的黄昏。父母接送他上学放学，校门口的钵子糕和三人饭桌上的四菜一汤同样具有魅力。

免不了争吵。中国式家庭的必经之路，妹妹不就是在争吵中出生的嘛。在他的解读中，争吵似乎是家庭甜蜜的调味品，大概跟作料放重了菜会走味一样，父母小打小闹的争吵眼看就要落实成了一纸离婚协议。

不行，得趁着还能留心的时刻，把父母破碎的心给留住，重新黏合成一颗心！

想到这，徐星的酒似乎醒了。透过车窗，他看见了许多在雨中照常奔波赶路的行人，街道边一个卖菜的大妈正和推车摊煎饼的大叔吵架，留心一下才听清楚，因为抢占摊位的问题。

徐星呵呵笑了起来，生活都是相似的。妹妹刚懂事那几年，不是总爱和自己争抢在父母心中的位置嘛。

妹妹，多么可爱的一个小姑娘！含嘴里怕化了，放手心怕摔了，有妹妹出马，保证能销毁那一纸荒唐的陈词，更别提留住父母的心了，黏合父母那对破碎的心都不在话下。

徐星甚至看见一家人围在一起聊着天，度寒露节呢。

妹妹，你说对不对呀？

不知何时，妹妹也上了车，紧靠在徐星的座位旁边。窗外雨势渐息，似是象征着徐星“留心”的计划就要迎来黑暗后的光明。兴奋莫名的徐星，开始抱着妹妹止不住地亲昵。

就在此时，徐星的左脸迎来巨大的肿痛，猝不及防的疼痛令他产生了如梦似幻般的抽离感。

酒，此时才算彻底醒了，见鬼的抽离感是硬生生被人抽耳光抽醒的！

哪有妹妹，四目相对之下，只有啼哭的邻座小女孩与全车人七嘴八舌的唾骂。

留点心吧小伙子，现在是互联网全民记者时代，你竟敢明目张胆地在公交车上猥亵小女孩，等着刑拘吧你！

又是一记响亮的耳光。

振聋发聩。

不待徐星辩解，巨大的警笛声呼啸而至。他抬头看了眼窗外蒙蒙亮的天空，月亮早已隐入云层里。寒露将至，此夕一去，恐怕父母的心再也留不住，更别奢望黏合了。

局限性红斑

几乎是一夜之间，所有的人都翻出了压箱底的厚重衣物，并心甘情愿地被其所包裹，漫步在街道上，臃肿风行一时。

唉，就先臃肿着吧。在这势如猛虎的寒流面前，谁不都是一只温顺的小波斯猫呀。

世事总有不尽如人意时。

可怜了我刚从家里带过来的短裙，崭新的。

该死的鬼天气！

521寝室的女生们在这句该死的鬼天气结束语后便草草将今天的抱怨收场。不大一会儿，上铺的徐星打起了呼噜，配合着从窗户缝里偷偷溜进的寒风。

声音倒还有些可爱，沉迷于民谣音乐的假小子乐琴有一搭没一搭听着这宿舍交响乐，逐渐滑进梦乡了。

小小的四人间，顿时洋溢起了冬日独有的气氛——温馨！

床铺靠近门口的谭慧并不这么认为，才秋天呢，明明是可以穿着裙子，坐在秋日的斜阳里，把时间饮醉的时节，为什么突然间，或者干脆直白点说，凭啥一夜之间就变成了这般模样，按照这变天的速度，再过两天是不是就要铁树银花了。

谭慧同学的心里，如果用当下流行的一个词语来形容，那一定是纠结了！

天变了就加衣服呗，这有啥好纠结的。下铺的陕西妹子谢春花盘腿坐在床上，边拉开大红羽绒服的拉链，边安慰。

哼，让我穿这种臃肿而又土气的衣服，我可做不到！

对的，看到这你应该就知道了，纠结的谭慧同学是一名不折不扣的时尚发烧友。

也就是前几年大家常说的，走在时尚最前沿的人。

让一个正漫步于时尚前沿的人，突然间倒退，并且是不带刹车的后退，呵呵，请自行脑补吧。

按谭慧常挂在嘴边的一句话说，让我不时尚，我宁愿和这个世界隔绝交往。

瞧这决心，你就知道，以上的设想，包括室友的劝告，都是做了无用功。

无用就无用吧，纠结的时尚发烧友谭慧索性钻进了被窝，蒙头就睡。

对于武汉的天气，来之前谭慧就有所耳闻。武汉——焐汗嘛，夏天格外热，冬天特别冷。记得开学没几天时，学长约自己出去吃饭，席间聊到这个话题，那时谭慧还觉得学长的话有些夸张。

到了秋冬交替之时，你心里便只会产生一个念头，那就是老老实实地待在宿舍里，像个大懒猫一样不动弹。天气冷得让你根本没有起床的想法萌芽。

嘿嘿，这话可太过了，搞得跟先锋派小说的情节一样。

如今看来，这话倒是一点都不过，就在床上这么思来想去的工夫，时间居然也流失得飞快，寝室长谢春花已经是第三次接到催促上课的微信了。

姐妹们，快起来，上课啦。

毛衣，围巾，羽绒服，雪地靴，521 的姑娘们全副武装，和突然变天的寒流作斗争。唯有谭慧不同，万绿丛中一点红。

依旧是短裙，不过她倒是给了这突如其来的寒流一个面子，短裙下，她加了一条刚买的保暖丝袜。

谭慧内心盘算着，到了班上肯定有很多人会羡慕嫉妒恨。

果不其然，晚自习下课时，谭慧塞着耳机的耳朵都挡不住各式各样的赞美！

谭慧就这样和寒流搏斗了一个星期，虽然每次回到寝室双腿都冻得直打哆嗦，但是，但是成效显著，成果颇丰，院里好多男神都悄悄加了她的微信，约会的信息已经超过了课表，排满了日程。

偏偏老天却不给谭慧这个对手脸面，出人意料地放晴了。

说起来，那还是两周后的一个早晨，其实在那个早晨的前夜，寒流就悄悄地从屋檐、教学楼、寝室撤离了，悄悄地走，正如它轻轻地来……

这天，咋就说变就变了呢？局限性太强了。

清晨，本已不再纠结的谭慧站在寝室的窗边，对着楼下一袭袭的短裙大白腿，抱怨着，并使劲揉搓着冻出小紫色疙瘩的大腿。

本已不再纠结的谭慧开始了新一轮的纠结。那些小紫色疙瘩，她在网上查了，叫作局限性红斑，就是冻疮，可爱复发了。

顶天立地一保安

六顺窝在值班室里，用刚才擦过嘴的右手揉了揉仍处于惺忪状态的眼皮。

还别说，这一揉的确奏效，前一秒明明是副懒猫的样子，现在看，俨然出山之虎。

再加上六顺头上的那顶大盖帽，简直是神气到见佛杀佛了。

按老北京话说，这叫个气派！

大伙儿千万别误会，六顺并不是人民警察，这一点，来往的学生都可以做证。

六顺也明白，自己头上虽然也顶着顶大盖帽，但身上的这一点点荣光距离人民警察还差得远着呢。

十万八千里虽不至于，起码也是一道不可逾越的大鸿沟。

不过六顺心里一点儿都不自卑。哼，前几年春晚小品里邵峰不是还演过咱嘛，那句话咋说来着，顶天立地一保安。

对，顶天立地就是咱保安！硬要说起来，俺还是春晚人物的原型呢。

六顺每次和保洁的陈嫂斗嘴斗不过时都爱用这句话收场。

作为一个高等学府的保安，六顺是很有自尊心的，这自尊心倒也不是说歧视外面商城酒店里的保安。六顺娘打小就告诫过六顺，人不能忘本，凭本事赚钱就是能耐。六顺记这话记得可牢固呢。

保安六顺心中所谓的自尊，说来简单，七个字就足以概括：本分做人，做好人。

按说这七个字放在以前，做起来只有那么简单了，可这年头，真应了小品里的那句话——

做人难！

六顺第一次觉得做人难是应聘到大学里没多久，那时候他刚从乡下老家进城，一副热心肠，见谁都有种抛头颅洒热血的热情。开始还好，到后来不知不觉地就把人给得罪了。这不，保洁的小丽渐渐地不理他了，究其原因，竟是因为小丽认为他对每个人都这样。

你对谁都好，那你跟别人去处对象吧。

六顺当时听完这话就傻了。看来城里还真像娘说的那样，每个人的心眼儿都是一块蜂窝煤。

随着时间流逝，六顺活得越来越像个城里人。闲暇之余，坐在门禁处这块弹丸之地里，他会翻翻眼前这些学生们爱看的书。哼，咱可是顶天立地的保安，要跟上时代的潮流呢。

每说这话的时候，六顺的脸庞就会显出特有的神气。不过，这几天他脸上的神气烟消云散了。

嗨，让谁碰上这事都不会好受。

不知道是学校领导抽风了还是怎的，月初突然下来了一纸条例，说是不准让学生带饭进宿舍，看见就拦下，还专门告诫保安队的六名队员，如果查寝发现有带饭现象，就按饭盒的数量来扣他们监察人员的工资。

说到工资就必须得上点儿心了。

大学不比高中，几乎是全天候的，随时有人进进出出。当然，这些人手里百分之八十会提着外卖，外卖的大小不同罢了。

监察才五天，六顺便得罪了不少学生。

这其中有喊六顺哥的，有递烟说好话的，最令六顺感到气愤的是那个胖子。

住在521的胖子。那天的情形其实也跟往常一样，六顺拦住了大包小包的胖子。

同学，盒饭不能带进寝室。

谁说的，老子就带了，咋地?!

同学，你是大学生，应该讲文明，盒饭不能带进寝室。

呵呵，你这乡下来的，还蹬鼻子上脸了是吧。胖子上去就给了六顺一拳，推搡中，六顺闻到了胖子身上的酒味。顶天立地的一保安，被胖子踹倒在地，上演了狗吃屎的桥段。

事后，六顺揉着泛紫的眼眶，对前来查看的领导说并不碍事，人嘛，犯错难免，能改就行。

那天的事情就这么过去了。严禁带饭的条例，强制执行一段时间后被上级淡忘了。

一场谁都没有料到的变故，却在这淡忘里，悄悄地来了。

事情发生在秋末，秋老虎苟延残喘的最后两天，是晚上，六顺就着最爱吃的花生米正看新闻联播呢，一个黑影追在胖子身后，闪光的寒气伴随着手舞足蹈划破了楼道的空气。

揉揉惺忪的眼眶，六顺条件反射般弹起身来，飞快地从门禁室窜出去，从胖子的身后，拉住了那个黑影。

随后是短暂的撕扯，以及猝不及防的凉意。

察觉到凉意的时候已经有很多学生冲了出来，对于六顺来说，还是有点晚了。

殷红的鲜血将门禁室这块弹丸之地染红！

……

案件调查完后大伙才知道，原来那天冲进寝室的人是从精神医院跑出来的一名狂躁症患者，正处于发作期。

新闻播出的那晚，陈嫂正在门禁室里拖地，是出事的第七天，她对着透明玻璃窗外刚冲进寝室的胖子喊道：

同学，盒饭不能带进寝室！

胖子回头，将手中的塑料袋提起来亮了亮，是六顺爱吃的花生米，还有三炷香！陈嫂想了想，开了一瓶酒，递过去，两人眼前同时浮现起那个熟悉而又神气的脸庞！

顶天立地一保安呢，还真是的。

解开语文阅读的“金钥匙”

刘博文作品阅读训练

提分策略、答题技巧

刘博文　著

非卖品

目　录

亮　剑

小刘心情不好，确切地说，他的心情已经不好到了火山爆发的临界点。这火山爆发，都是因为那条该死的新闻！

小刘是刚到电视台工作的实习记者。上班不到一星期，小刘就接到台里安排的任务，去采访新上任的李市长。那天会议倒是挺顺利，新上任的李市长谈吐不凡。可是采访出了点小问题。

邻市的市长是因为治污不力被上级纪委请去的，请问您对这个事情有什么看法？

李市长没回答，只是略带微笑看着小刘。是个人都能看出来，这笑里内容很丰富。

一片唏嘘声中，会议极其尴尬的落幕，有小道消息讲，邻市那个市长是李市长的老同学。不但不治污，还让那些企业领导把自己给污染得变了色。

回到台里，小刘紧赶慢赶，把新闻稿给编了出来，还加了大半夜班，黑眼圈都呼之欲出了。

小刘，你这条新闻各方面都不错。是嘛，难道今天要播出了？小刘有点小激动。

咳——虽然各方面都不错，但是，这条新闻不能播！台长说。

都不错，还不能播出，这算什么事？小刘气鼓鼓地走出台长室。

心情不好的时候，通常有两种行之有效的疗伤方法，一是做一个说吃就吃的吃货，二呢，自然是来一场说走就走的旅行了！思索再三，还是决定在小城里游一游，说白了，就是逛北湖公园。

黄昏时分，太阳将落未落，漫步在北湖湿地公园，小刘的心情果然变好了许多。

看着湖中的天鹅，枝头栖息的鸟儿，本来是一件惬意的事，偏就有些人想破坏这些美丽的环境。湖中心虽然波光粼粼，但只要细看，就能发现水面已被一层淡淡的浮油覆盖。枝头的鸟儿，虽然闲适，树干却已是遍体鳞伤，清晰可见，许多树的主干早已被市民随意折断。小刘的心头燃起了一股无名之火！

咦？那家伙咋好像是……放眼望去，一个黑衣黑帽，鼻梁上还戴着一副黑墨镜的中年男子进入了小刘的视线。不会吧，怎么会在这碰见他？狭路相逢啊。

小刘悄悄地尾随过去，终于，在日落西山红霞飞的时候，中年男子进入了某高档饭庄……

这一带可是著名的腐败窝子啊！本市不少干部就是在这里被拉下水的。

才上任几天就开始玩起腐败了，这回非要拿起我的摄像机，好好亮一回剑，让他晓得，无冕之王可不是浪得虚名的。

一连尾随几天，小刘才真的确认，黑衣人就是新上任的李市长。

每晚到了那个时段，小刘就带上新买的手机，偷偷拍摄着李市长的一举一动，并把这场行动命名为亮剑行动。

一个月过去，小刘发现，李市长自上任起，就没停过这腐败活动。

是时候了！小刘带着视频录像，雄赳赳气昂昂地走进了台长办公室，不进去还好，一进去可是大跌眼镜啊。

李市长正端坐在会客室里，台长回过头问小刘，有什么事吗？

我要举报你！小刘目光直通通地盯着李市长。举报我？李市长看一眼台长，笑，还真有不怕虎的初生牛犊啊。

你刚上任，不仅不作为，而且还一天不落的腐败，我，我有证据！

小刘掏出手机，屏幕上浮现出了每晚拍摄的画面，可以清楚地看见，李市长大踏步进入了某高档饭庄。

看到这，李市长与台长四目相对，情不自禁地笑了起来。

小刘，你先别急着举报我，我到台里，也是带着视频来举报的。李市长也亮出一部手机。

手机上拍摄的居然也是北湖湿地公园，不过李市长视频里拍摄的全是毁坏公物、破坏环境的场景，那天小刘看见的水面浮油，正是从某些高档酒店下水道流进湖面的；还有被酒客任意折断的树木，一个不落地来了个情景再现。

视频结束了，小刘眼镜没跌下来，他把镜片擦干净，一眼不眨看着李市长。市长您这葫芦里到底卖的啥药啊?

我这葫芦里不是药，是一把剑!

剑?对，一面利刃切断公款消费，一面利刃唤醒市民素质!

一个月后，电视台联合市政府推出一系列曝光节目，在节目的推动下，不仅是北湖湿地公园，小城的每个角落都恢复了亮丽的容颜，而且，更胜从前。

这个节目被命名为“亮剑”!

阅读分析题

1. 下列对小说相关内容和艺术特色的分析鉴赏，最恰当的一项是：

A. 面对小刘提出来的问题，李市长因为牵涉到自己的同学，而采取了回避的做法，略带微笑，不予回答。

B. 小刘工作有热情，熬夜写出了高质量的新闻稿件，因台长故意刁难没有播出，小刘对此表示十分生气。

C. 小说在描写小刘时，综合运用了语言、动作、神态以及细节描写等多种方法，将其形象塑造得栩栩如生。

D. 小刘逛北湖湿地公园时，意外遇见了乔装打扮的市长，经过尾随，发现他进了高档饭庄，小刘觉得找到了报复的机会。

2. 请简析小说标题的内涵。

3. 这篇小说在情节安排上有何特点？请简要分析。

参考答案

1. 试题分析：本题考查学生对小说的综合鉴赏能力。题干要求选出“最恰当的一项”，A 项，“李市长因为牵涉到自己的同学，而采取了回避的做法”说法不正确；B 项，“因台长故意刁难没有播出”分析错误；D 项，“小刘觉得找到了报复的机会”说法错误。故选 C。

2. ①公民个人要有责任意识，敢于向腐败现象和不良行为“亮剑”。②政府官员和机构要履行职责，政治腐败，提高公民素质。

试题分析：本题题目是“请简析小说标题的内涵”，是考查学生把握小说标题含义的能力。本文的标题为“亮剑”，文章写了两个方面的亮剑，一个是小刘逛北湖湿地公园无意发现乔装打扮的新上任的李市长进了高档饭庄。小刘知道本市不少干部就是在这里被拉下水的。这个李市长才上任，就开始腐败。小刘决定拿自己的摄像机，记录下新市长的“腐败”行为，进行检举揭发。小刘将自己的行动命名为“亮剑行动”。另一个是李市长把自己拍摄的毁坏公物、破坏环境的场景，送到电视台，和电视台联合推出了一系列曝光节目。在节目的推动下，小城的每个角落都恢复了亮丽的容颜，而且，更胜从前。这个节目名字为“亮剑”。所以小说标题“亮剑”的内涵有两个：一个是以小刘为代表的公民要有责任意识，敢于向腐败现象和不良行为“亮剑”；一个是以李市长为代表的政府官员和机构要履行职责，肃清政治腐败，提高公民素质。

点睛：标题含义一般从表层含义和深层含义的两个方面来分析。表层含义即标题的字面含义、文中内容；深层含义即引申义、比喻义、象征义。标题如果是比喻句的，文中往往不是围绕标题的字面含义来展开叙述，那么就应该联系文章的具体内容，弄清比喻义，这样就可以领悟出标题的深刻含义。本题标题的含义，可以根据对文章内容分析得出。

3. ①层层设置悬念。如小说开头写小刘心情不好，后面写市长进入高档饭庄，读者就急切地想知道这是什么原因，从而吸引读者。②设置“误会”。小说设置了小刘误会市长腐败，使行文跌宕起伏。③明暗线双线结构。明线是小刘跟踪市长，暗线是市长暗查饭庄，两条线在结尾合拢，使文章结构严谨。

试题分析：本题题目是“这篇小说在情节安排上有何特点？请简要分析。”是考查学生赏析小说情节安排特点的能力。答题时，首先要指出小说情节上的特点，然后结合具体内容分析小说情节上的这种特点。通读文章，可以知道本文在结构上的特点是双线并行结构。小说的明线是小刘以为新任的市长腐败，跟踪市长拍摄市长进入高档饭庄的证据。暗线是市长暗查高档饭庄污染环境。两条线在结尾合拢，使文章结构严谨。文章善于设置悬念和“误会”，吸引读者兴趣。文章的开头说小刘心情不好，然后说“确切地说，他的心情已经不好到了火山爆发的临界点，这火山爆发，都是因为那条该死的新闻!”到底是什么新闻让小刘心情如此之差，吸引读者读下去？交代清楚小刘心情不好的原因后，写小刘为了排解郁闷去游公园，竟然遇到乔装打扮的李市长！而且这个乔装打扮的李市长还进入了高档饭庄。李市长为什么要乔装打扮进高档饭庄，难道是腐败？引读者去探求原因。同时乔装打扮的李市长进入高档饭庄引起了小刘的误会，误以为李市长腐败，开始跟踪市长，拍摄市长进入高档饭庄，揭发举报市长。这样，使文章情节跌宕起伏。

一声叹息

陈嫂用肥厚的双脚，费力地在浸水的拖把上踩了两下，总算是把这喝得饱饱的拖把给踩平实了，末了，对着卫生间的镜子瞅了一眼自己。

在镜中，她以叹气的方式结束了一天的工作。

虽说这叹息声很小，但凡是长个心眼的人都明白，正常人在正常情况下是绝不会叹气的，叹息这个词语在《现代汉语词典》里也算半个贬义词呢。

所以说当一个人开始没来由的唉声叹气时，她的情绪一定是失落的。

而失落，则一定是有了烦心事。

陈嫂迈着细碎的步子走出了卫生间，来到走廊，侧目扫描着来往的人群，心想，不会有人听见自己的叹气声吧。

一念及此，陈嫂那张被岁月侵蚀的老脸便迅速的，泛起了阵阵红霞。

这是有心事的征兆。

陈嫂可不愿意让人知道她有心事，娘打小就告诫过的，再闹心的事也给我往肚子里放，放一放就消化了，免得让别人也跟着闹心。

撇开娘的训导，陈嫂怎么说也在大学里待了三年，晓得不把情绪传染给别人是做人的一种美德。

看看时间不早，学生们该回寝室的基本上也都回了，陈嫂伸了个懒腰，便窝在了门禁室的躺椅上，百无聊赖中，她划开了手机。

嘍，都大雪了呀！

在这一声惊叹之后发生的一切就像是条件反射。

陈嫂先是给学校领导打了个电话，问了几号放假，紧接着便划开12306的软件，开始查询去往老家的火车班次。

在手指一次次的滑动中，陈嫂再次叹了口气，相较于之前的那声叹息要长得多，也要有滋味得多。

在12306软件火红的背景中，两滴黄豆般大小的液体已将这屏幕里的红无限放大。

春运，咋就来得这么快呢？

放下手机的陈嫂，一遍遍的思考着这个问题。

问题无解。

有钱没钱，回家过年。那之后的一个多星期里，陈嫂脑子里不时的就会响起这首歌，拖地的时候哼着，检查寝室卫生的时候哼着，甚至于和人聊天的时候，也会哼着。分心了不是。

陈嫂，你这算心不在焉呢！最后，连保安六顺都看不下去陈嫂拖的地了。

鬼画符一样。

陈嫂能说什么呢，算起来，自己来到脚下这座城市打拼，已有三年的光景。在数以亿计的进城大军中，陈嫂算是幸运的，没有吃过工地上的苦，在同乡的推荐下，来到了这所大学，做起了宿管阿姨。

三年了，陈嫂一直都是乐呵呵的，像这几天的情形，还真是前所未有。

随着宿舍墙上贴满的招寒假工的广告，陈嫂知道，日子离春节是越来越近了，可就在这喜庆的日子里，闹心的事情接二连三。

全国的大学里接连发生了几起宿舍伤人事件，事件不仅将当事学校闹得满城风雨，也把别的学校搞得人心惶惶。

在接到所有管理人员留校的通知时，陈嫂几乎是崩溃的。

连那一声简单的叹息都被情绪给湮没了。

若换了刚进入职场的小年轻，估计头也不回的就要辞职回家去过年，对于陈嫂，宿管的工作太具诱惑力了。

她这个岁数的人，工地是干不动的，保姆行业，则都被那些年轻的姑娘给牢牢攥在了手里。待在这里过年，无疑成了陈嫂眼下唯一的选择。

得，给孩子和老人打个电话，寄点礼物回去算了吧。闷闷不乐了一周后，陈嫂的心情总算有了些许好转。

宿舍里的学生越来越少，到处都是行李箱哐啷哐啷的声音。

大寒到来的那天，宿舍几乎已可以用人去楼空来形容，陈嫂和六顺忙着拖地，没有顾及走进寝室的人，直到一双皮鞋堵在两人跟前。

一抬头，是院里的程院长。你们俩不回家过年吗?

倒是想回，学校的通知您又不是不晓得。

哦！程院长突然愣了一下，问陈嫂，您是哪里人?

我，我是蕲春那边的。

嗨，都是农村来的，不容易，你俩都快收拾行李回去吧。

早就没票啦，陈嫂叹了口气。

傻哟，嫂子，你听听我的口音，是哪儿的！

你也是蕲春的?

对呀，都是老乡呀，快收拾行李一起走吧，我也正赶着回家过年呢。

这回倒是换成陈嫂愣了一下，抬头的片刻，她瞥见了一缕带着金边的阳光正透过云层，照射在宿舍前的大地上。

唉，大寒还能出太阳，真是出了稀奇。

又是一声叹息，不过六顺却听出来了，陈嫂这声叹息藏着掩饰不住的欢喜。

阅读分析题

1. 用一句话简明扼要概括文章的内容。

2. 如何理解“又是一声叹息，不过六顺却听出来了，陈嫂这声叹息藏着掩饰不住的欢喜”这句话？

3. “她瞥见了一缕带着金边的阳光正透过云层，照射在宿舍前的大地上。”这一句有何妙处？

4. 文章多次写到“六顺”有何作用？

参考答案

1. 本文讲了宿舍管理员陈嫂由没买到回家过年的票，到学校通知不放假，最后再坐上院长专车回家的故事。

2. 这一声叹息与之前的叹息不同，之前的叹息是失落的叹息，是因为不能回家过年无可奈何的叹息，而这一次的叹息是心里滋生由衷欢喜的叹息，是终于可以回家过年的愉悦的心情的表达。

3. 一语双关，首先是表面意义即指太阳穿过云层，深层意义是陈嫂得知可以回家的消息就像阳光一样，穿透了之前不能回家的难过的心情。生动形象地写出了陈嫂得知消息后愉悦的心理。（答比喻也可以。）

4. 烘托，通过六顺的所见来表现陈嫂的心情的变化，使陈嫂这一人物形象更生动、更具体，更加血肉丰满。

等儿天再老

得知母亲得那病时，那病已深入，占据了母亲的五脏六腑。

通俗点讲，就是人们常说的中晚期，母亲在不知情的情况下，病入膏肓了。

从医院的电梯里走出来，我突然感觉阳光有些刺眼，与之而来的眩晕是很多年前出现过的症状。

只是这次，搀着我的不再是母亲，而是小丽。

去哪儿呀？

先回去看看妈吧，她知道今天出结果，怎么着也得给她个交代。

关键时刻，小丽倒比我理智许多。

驱车回家，成了我们一家三口此刻的心头大事，以至于在儿子几次吆喝着要吃饺子时，我和小丽竟然都没有听到。

仔细想想，还是生平第一次呢。

旅途不算颠簸，新修的这条公路也还不错，换挡的一个片刻，我突然想起，上次回家，这条路还没修好呢。光阴真的如白驹过隙，眨眼间小半年了。

儿子，等会记得跟奶奶说，她的身体很好，没啥大病。

妈妈，那不是骗人吗？老师说了，撒谎不是好孩子！

你这孩子！

小丽一把拦住我那愤怒的手，说别打孩子，心理书上说了，以后会有阴影的。

哼，他要是说实话咱妈心理该得有阴影了。

一路争执不休，窗外明媚的风景和车内沮丧的气氛形成极大反差的对比下，我们总算安全到了家。

不对，应该是到了老家。

青山绿水，门前的棕榈树依旧在晨风中摇晃，从竹林中那条路走进去，不大一会儿，便来到了家门口，看到这棕色的大门后我才真正感到了家……

妈——妈！

别喊了，我在这儿呢！

声音刚落，从菜园子里探出了一颗头，虽然隔得远，但那一头干练的短发告诉我，是妈没错。

奶奶，你的头发像白雪一样，真漂亮。

哎哟，还是我乖孙会说话。来来来，吃一个奶奶刚摘的香瓜。

儿子接过香瓜，屁颠儿屁颠儿地跑在前面，我看了一眼，瓜是本地品种，上面还沾着晨间特有的露水。

小丽给我使个眼色后，卷起裤脚，也进了菜园。

哎哟，这点小事，不用你们帮忙，中午不走了，留下来尝尝妈的手艺，妈人虽老，包饺子的手艺可嫩着呢。

妈，你那个……

咋话说到一半又不说了，成心吊妈胃口呢。

妈，你也别烧中午饭的火了，快点收拾收拾东西，跟我去住院吧。

思考再三，我还是决定先瞒着她，以糖尿病为幌子带她去医院。走的时候，我看见妈在园子里愣了一下，手中的镰刀掉在地上。

谅她也不会想到自己得了什么病，估计是不舍得菜地里那一筷子长的嫩韭菜。

再次回到医院，来苏水的味道倒显得没那么刺鼻了，也许是习惯了。按规矩两班倒，我守白天，小丽守夜晚。摊上这种病在医院，一住下可不知道啥时候是个头。

起初妈还能在走廊上跟人唠唠嗑，分享一下种菜的诀窍和心得。人老了，最爱往人多的地方挤，我看过一个心理分析，说人是群居动物，最怕孤独，特别是上了岁数的老年人。

按老话讲就是聚人气，很多时候我留神观察与人谈笑风生的老母亲，甚至觉察不出她有患了绝症的迹象，是不是误诊了？

我希望是误诊，尽管有那么点一厢情愿。

先生，您母亲的这种病属于中晚期，虽说现在看不出来，但不出一个月，她的身上一定会出现黄疸，这病发病快，结束也快，你还是跟老人实话实说吧。

医生的提醒的确没错，小丽这几天经常悄悄告诉我，帮妈洗澡时，妈的后背生出了一大片黄疸。

如期而至的黄疸成功打败了妈的喋喋不休，走廊里彻底安静了，静得让人有些忧伤。

妈，我实话跟您说了吧，您得了……

话刚完，妈笑了，她用手揩了揩因为疼痛而渗出的汗珠，缓缓说道，我这老身子骨，自打第一天住院起，我就约莫猜到了几分。你看，我的症状和手机上写得一模一样。

我看了一眼，是关于这病的百度百科。小丽见气氛有些凝重，上来打圆场，妈，您还想去哪玩，想吃啥喝啥，都告诉我们，虽说现在医学发达，可心态好才是治病的最佳良药！

我想回家！妈轻声说，家才是给你妈治病的最佳良药。

车向南，一家四口头一回在车上团聚，儿子这回怪听话的，一路上对奶奶嘘寒问暖，还轻轻地哼着歌。

穿过熟悉的竹林，总算是回到了家，母亲一个人去了菜园。

爸，你看，是大雁！

顺着儿子的小手望去，一行大雁正往南飞。沉默了两分钟，小丽挽起了我的手。

妈——妈，快回来吃饭。

哎哟，着什么急呀，我马上来。

夕阳西下，母亲干练的短发从园子里探出来，迎着落日的余晖，她手上那把韭菜青翠归青翠，却已经老了，开出了白花。

韭菜花饺子，你们一定没吃过，妈说得有点难为情，这韭菜，就不晓得等几天再老啊……

结婚那当儿，小丽跟我咬过耳朵，说妈包的嫩韭菜饺子，是她肯嫁给我的最大诱惑。

儿子在吃上随小丽，见了嫩韭菜饺子，就迈不动步。

阅读分析题

1. 说说本文标题“等几天再老”的含义。

2. 为什么说“看到这棕色的大门后我才真正感到了回家”？

3. 分析文中母亲形象。

4. 分析文章主旨和中心思想。

参考答案

1. 表面上是母亲对韭菜开花了，不能给孩子们做嫩韭菜饺子的遗憾，实际表达了作者对母亲老得太快，即将离开的万分不舍的眷念之情。

2. 虽然“我”在外工作成家了，但骨子里仍然认为有妈妈在的地方才是家。

3. 文中的“母亲”是个勤劳善良又智慧豁达的农村妇女，她用自己的方式爱着儿孙，爱着自己无比重视的家。

4. 本文通过一位患有晚期癌症的母亲，和孝顺有礼的儿子媳妇以及有教养的孙子，一家三代人面对灾难来临时的表现，表达了他们对待“家”的深深眷念之情。有亲人的地方才是家，有父母的地方才是家。无论何时，家都是我们最终最后的归宿。

战　神

提到梁小红这三个字，百分之八十的人第一直觉自动调到女生这一栏，并朝着女生的话题奔去。

打脸了不是，梁小红是个男生，按他自己的话来说，纯爷们儿。

纯爷们儿梁小红年方十八，一头乌黑杂乱的头发栽在脑袋上，好像从未打理过，以至于他刚踏入这座高等学府时，竟被门卫大爷误认为是装修工人。

多尴尬。

尴尬着的梁小红觉得这并没有什么，人生嘛，无非就是一个不断出错不断完善的过程，冯巩大叔不也曾笑谈过吗，谁还不犯点错误呢。知错能改就 Ok 啦！

没来到大学之前，梁小红脑袋里一直幻想着各式各样的大学生活，撩妹，吃喝，打游戏，高中三年没有接触过或是被强行叫停的东西，他都要在大学里一一体验一把。

梁小红人前人后这么唠叨着，先定个小目标，比如说，当战神，游戏打到80级。

还真别说，他的模样像极了抗日神剧里的男一号，再加上他那一头从不打理、任其自由生长的乱发，居然和最近上映的《湄公河行动》里的主人公彭于晏，有了百分之九十五的相似度。

80级，还战神，谁信呢？室友吴晓斌的脸上被涂抹出一脸鄙夷。

不信你看，这可是百度美图里面的功能，专门识别你的脸和明星的相似度。

午夜的寝室里，梁小红的手机屏幕在手中摇晃着，格外亮眼。窗外月光已悄然洒落。不修边幅的纯爷们梁小红一抬头，便看见了这道象征着天色渐晚的月光，他一个纵身，从床上跃起，本就不敦实的上下床发出了剧烈的颤抖。

你个龟儿子，以后就等着成键盘手吧。

胖子把掉在地上的被子捡起来，重新盖到身上。

键盘手？什么鬼？

梁小红说这话的时候，十指已经开始在电脑键盘上猛烈敲击，午夜的寝室里，清脆且有规律的声音此起彼伏。

次日凌晨，趴在桌前的梁小红醒来，抹了抹脸上的哈喇子，太阳光照射进寝室时他忽然发现，自己的右手上布满了密密麻麻的汗，正自疑惑呢，脑袋被人重重的拍了一下。

梁小红你来大学这么长时间，看看你才上了几节课！辅导员把画满红圈的考勤表啪地扔到了电脑桌上。

逃课，旷课，伪造病历请假，梁小红老老实实地回顾了一下开学以来的这几个月，自己的生活还真的都被这些不良表现所包围着。确切说是梁小红自己精心设计的。

你不是一直号称自己是纯爷们儿吗，有种你梁小红就把网瘾给戒了，让同学们看看，你不是娘炮孬种。

活跃的大学课堂因为梁小红，头一回变得这么严肃。

我是纯爷们儿，我戒！沉默了很久，很久，梁小红终究下了决心，不知道是因为激动还是什么，他的右手心又开始冒汗，以一种无休止的状态。

你可说了，要戒掉网瘾的。晚自习结束回到寝室，吴晓斌对着抠手的梁小红劈头就是一句。

当然啦，我可是纯爷们儿。

梁小红话虽豪气干云，但到了月色渐深的时候，他还是忍不住了，一双手只能薅草似的，在不修边幅的头皮上乱抓。

从黑夜到天明。

之后事实的进展也和他不修边幅的头发一样，梁小红到底没能坚持下来。逆水行舟不进则退，纯爷们儿梁小红回到键盘和鼠标的世界。

迟早有一天……你会得键盘手。

怎么会，打到80级就收手，我可是纯爷们儿。

梁小红沉浸在游戏里，那种杀人如切菜的气氛让他对周遭事物开启了自动屏蔽模式。

吃饭去啦，纯爷们儿。

梁小红起身，用闲着的左手揉了揉眼睛，走下楼的时候，刺眼的阳光打在他杂乱的头上，有些晕眩。

鸡排盖饭在期待中上桌了。

哼，都怪你们，非要拉我来吃什么饭，等了20分钟，你们不知道今天中午全服开赛吗，今天赢了，就可以升80级。

在梁小红的抱怨声中，胖子和吴晓斌默默地坐到了另一张桌子边。

喋喋不休的纯爷们儿梁小红这才闭嘴。人是铁饭是钢，吃饱了才有力气才有机会升上80级，梁小红去拿筷子准备开吃。

咦？

今天的筷子格外团结，他居然无法将合体的方便筷掰开了。

右手像是失去了控制，传说中的键盘手？

纯爷们儿梁小红看着自己不受控制冒汗不止的手心，突然生出了一脸的尴尬表情。

那表情事后经胖子转播，医院诊断书上腱鞘炎三个字，让梁小红像个女孩一样花容失色，有那么点纯娘们儿。

阅读分析题

1. 赏析下文中文字的好处。

①一头乌黑杂乱的头发栽在脑门上。

②一双手只能薅草似的，在头皮上乱抓。

2. 文章的标题有什么作用？

3. 文章中多次提到“纯爷们儿”和“纯娘们儿”，有什么作用？

参考答案

1. ①“栽”字生动形象地写出了梁小红头发的样子，体现了梁小红不修边幅的特点和性格中散漫的一面。

②“薅”和“抓”两个动词生动形象的写出了梁小红因为难以忍受网瘾而抓头发的样子，体现了他难受、焦虑、心情浮躁不安。

2. “战神”是全文的线索，贯穿全文。文章都是围绕梁小红要成为游戏中的“战神”而展开的，同时也是一种暗喻和不露声色的讽刺。

3. 文章中多次提到“纯爷们儿”和“纯娘们儿”，是为了形成鲜明的对比。梁小红在外表上是典型的“纯爷们儿”，但是在名字和性格上又是典型的“纯娘们儿”。这样就明显的反差，更加生动地表现出梁小红没有毅力、沉迷游戏、脆弱的特点。

痘　印

吴晓斌照镜子的时候，发现嘴角下方有一块鼓起的小山丘，难怪刚刚洗脸时会有那么一丝阵痛，元凶藏在这里。

他边抱怨，边用指甲去挤压。

指甲锋利，不一会小山丘就瘪了下来，吴晓斌对着镜子里的自己看了看，并没有想象中的满意。

痘是挤掉了，红肿的印记还在，就像国际新闻里动不动就上街游行的群众。

明目张胆的示威呢。

这应该是青春赐予我们的烙印。仿佛是看穿了吴晓斌的心思，室友李壮安慰着，顺手还递上了一瓶名牌洗面奶。

兄弟拿着，别说我没告诉你，这可是本季度最……

没等话说完，吴晓斌“啪”的一声带上门走出寝室，只剩下走廊的穿堂风吹动着左右摇晃的门。

这货最近吃枪药啦?

李壮满脸的疑惑。

可以证明的是，吴晓斌并没有吃枪药，作为一个和平年代的大学生，他连枪药长啥样都不知道。他吃了一种比枪药更为痛苦的玩意。

别瞎想，绝不是毒品。是气，吴晓斌生了一肚子气！

大学生嘛，如果硬要追究生气的源头，多半来自恋爱和课堂。

课堂令人厌恶，恋爱让人纠结。

吴晓斌的烦恼来自课堂。

初秋的冷风席卷着地上的树叶，朝着不知名的远方飞去，吴晓斌顺着路灯微弱的冷光，来到了校园的林荫大道，是夜，夜已经深得有些怕人了。

路灯微弱的灯光下，吴晓斌掏出手机，又放回手机，这样的动作他大概做了有五遍，终于，在第六次的时候，他下了决心。

妈你睡了吗？

还没呢。

透过电话那端嘈杂的声音，吴晓斌大概猜到了，母亲现在正慌忙地从床上爬起来，整理着疲倦的身体。

吴晓斌的母亲是小镇的服装厂职工，通俗点讲，就是人们口中的流水线三班倒。一般这个点，母亲已经睡了，可也只能是这个迷迷糊糊的点，吴晓斌才敢给母亲打电话。

你和爸爸都还好吧。

好着呢。你在那边读书可千万别刻薄自己呀，该吃的吃，该玩的要玩。

妈，吴晓斌看了一眼路边的白桦树，说道，老师让我们买一套化妆品，因为我们酒店管理这个专业，需要学习化妆。

……

电话那头陷入了沉默。

半晌过后，母亲的声音又断断续续的传了出来，你放心，钱一定打给你。

妈，后天就要交钱了，你抓紧点！吴晓斌赶在母亲的回话前，挂断电话。

之前的吴晓斌一直认为在大学里，是花不了多少钱的，无非一日三餐，真进入了大学他才发现，一张红版的毛爷爷被拆开后，化整为零也就是一瞬间。

往深了说，是攀比心理在作怪。

回到寝室，吴晓斌无法安然入梦，他发现嘴角的痘痘更加痛了，估计是挤的力度过于大了。

一想到明天银行卡里就有钱了，好心情就自动地淹没了嘴角的痛感。

嘿，能买化妆品给苏苏了。苏苏可是念叨了半个多月呢！

苏苏的院系里不乏富二代、官二代，这些人看见系花居然被一个普通家庭的小子给撩走了，眼馋着呢。化妆品这件事可不能含糊，苏苏的要求在某一方面是吴晓斌沉重的巨石。

可也是吴晓斌骄傲的资本。

哼，她咋就不要你们的呢？

当吴晓斌整理好行头，提着一袋本季度最新款化妆品站在苏苏宿舍楼前时，他无疑是自信的，昂首挺胸的。

你咋这么贴心！苏苏把袋子里的化妆品翻过来翻过去看，一脸显山露水的幸福，很贵吧？

能比咱们之间的感情珍贵？

你可真会说话，快帮我拿着，我要发一个朋友圈炫一下。苏苏熟练的划开手机，刚进入微信，腾讯新闻就嗖一声的弹了出来，是条热点新闻。

“小镇母亲为了尽快筹齐儿子的学费，去黑市卖血，结果染上了 AIDS 综合征。”

AIDS 是什么意思呀？

吴晓斌看着新闻里的当事人照片，漫不经心地问。

幸好有我这个英语六级的女友罩着你，悄悄告诉你，AIDS 可不是啥好东西，就是艾滋！

艾滋？吴晓斌吓得舌头收不回去，落在痘印那干舔着。

看你，天天吃泡面，嘴角长出这么大一个痘，傻不？

吴晓斌的确傻了，死死盯着苏苏的手机屏幕。离家这么长时间，他和母亲这个字眼，头一回挨得这么近。

嘴角的阵痛如潮水般袭来……

阅读分享题

1. 标题“青春痘”有什么含义？

2. 结合全文，赏析下面语句。

①“路灯微弱的灯光下，吴晓斌掏出手机，又放回手机，这样的动作他大概做了有五遍，终于，在第六次的时候，他下了决心。”

②“真进入了大学他才发现，一张红版的毛爷爷被拆开后，化整为零也就是一瞬间。”

3. 如何理解文章的最后一句话？

参考答案

1. “青春痘”是指长在吴晓斌脸上带给他疼痛的青春痘，也指长在吴晓斌内心折磨他、带给他内疚自责的矛盾心理。

2. ①这句话通过吴晓斌多次反复拿手机，表现了吴晓斌犹豫不决的心理。

②这句话形象地写出了钱用得快，即照应上文吴晓斌找母亲要钱的理直气壮，也为下文乱消费的心虚气短埋下了伏笔。

3. 此事带来疼痛的不仅仅是吴晓斌的嘴角，更是吴晓斌的内心。因为吴晓斌攀比的心理导致可能出现在母亲身上的恶果，令他的内心充满了不安和悔恨。